Befreiung aus dem Kokon

Günter Skwara

Befreiung aus dem Kokon

Bibliografische Information der Deutschen Natio-nalbibliothek:
Die Deutsche Nationalbibliothek verzeichnet diese Publikation in der Deutschen Nationalbibliografie; detaillierte bibliografische Daten sind im Internet über http://dnb.dnb.de abrufbar.

Bildmaterial:
   Günter Skwara (pixabay.com/de/)

Herstellung und Verlag:

   BoD – Books on Demand, Norderstedt

   ISBN: 978-3-7526-9218-1

Inhalt:

Immer wieder, immer öfter erscheinen mir Bildfragmente aus früherem Dasein, unter anderem auch als Gunar von Atalant.

Dieser Gunar entwickelte sich, von einem relativ gut angepassten Bürger des Sternenbundes Kabar zum Druidorix der Druiden des TAO.

Mir liegt aus heutiger Sicht besonders sein Leben als Druide am Herzen. Hier erfährt Gunar nämlich die Wandlung.

Er erkennt sich selbst als Teil eines sehr viel größeren Selbst im Miteinander der Geistigen Wesen.

Nachdem Gunar nur einer von vielen, vielen meiner Wiedergeburten ist, habe ich beschlossen ihn/mich als eigenständige Persönlichkeit darzustellen. Dadurch entstand ein gewisser Abstand zwischen ihm, der ich damals war, und mir im jetzigen Leben.

Wir treten in diesen Kokon ein. Er ist alles, nur kein bequemer Hafen, sondern ein schrecklicher Ort. Hier werden Körper aufgelöst. Wesen werden als ein „Nichts" behandelt. Hier verändert sich der Blick auf die Bedeutung des Lebens.

Vorwort

Gunar, ein Druidorix der Druiden des TAO, erzählt diese Geschichte. Ihm ist das Geschehen so real, als wäre es gestern erst passiert.

Aus seinen Erfahrungen mit Spirituellen Rückführungen weiß er, dass Zeit eine Illusion ist; manche sagen sogar sie sei eine Lüge.

Vergangenheit, Gegenwart und Zukunft spielen sich nur scheinbar auf einem Zeitstrahl ab. In Wahrheit ist der Lauf von Zeit lediglich die Bewegung von Partikeln oder von Energie oder von Schwingung im Raum. Die Vergangenheit ist aber für den menschlichen Verstand offensichtlich immer noch existent und anscheinend fest gefügt. Sie wirkt sowohl zur flüchtigen Gegenwart herein, die sich ständig wandelt, als auch weiter, zur sich fortwährend aufbauenden, veränderbaren Zukunft. So entsteht eine „Welt der tausend Möglichkeiten".

Im Rahmen von Spirituellen Rückführungen lässt sich die Vergangenheit bereinigen. Damit ergeben sich tatsächlich mögliche Auswirkungen auf Gegenwart und Zukunft. Diese Spirituellen Rückführungen sind fast wie eine Zeitreise. In deren Ablauf wird offenbar der Lauf von persönlich wahrnehmbarer Geschichte verändert.

Das „Große Spiel" ist in vollem Gange. Wir Atalanter, auf der Erde auch Atlanter genannt, waren nicht so einfach aus dem Felde zu schlagen.

520.488 Atalanter hatten mehr oder weniger freiwillig ihr Planetensystem Atalant verlassen. Als wir den Einflussbereich der Kabarer verließen, verfolgten uns elf Raumschiffe einer uns bis dahin fremden Rasse. Deren Raketenform sahen wir erstmals auf dem Raumhafen der Elite von Kabar.

Verfolgungsjagd

Die bauchigen Raketen, Raumschiffe von fast einem Kilometer Länge, widerstanden all unseren Versuchen sie zu scannen oder in ihr Inneres einzudringen. Beinahe hätte eines von ihnen uns, die Triade der Druidorix, mich Gunar und meine Gefährten Vasilio und Darkon, mit einer Vorrichtung eingefangen, die wir als „Seelensauger" bezeichneten.

Um dem Geheimnis dieser fremden Rasse auf den Grund zu gehen, entschlossen sich BoC, das Wesen das den biotischen Bordcomputer übernommen hatte, und wir drei Druidorix, uns an die plötzlich abziehenden Schiffe anzuhängen, ihnen zu folgen.

Wir informierten auch unsere Mitstreiter: Erwan, Marmuk, Dessa und Sandura, von diesem Vorhaben. Es war überhaupt keine Frage, ob sie mit von der Partie sein wollten. Nunmehr waren wir sieben und natürlich BoC, also acht, ein schon bisher erfolgreiches, eingeschworenes Team.
So starteten wir durch und folgten den Raketenschiffen, denen wir immer mehr Abstand ließen.

Wir nahmen an, die elf Raketen würden ein Ziel irgendwo in der Galaxis ansteuern. So entsprach es zumindest den Berechnungen des biotischen Computers. BoC meinte jedoch: „Die führen uns oder irgendeinen anderen, auch nur potentiellen Verfolger vorsichtshalber an der Nase herum. Ihr werdet sehen, diese Typen sind gewitzter als die Kabarer."
Er sollte recht behalten. Im Normalraum sowie im Hyperraum schlugen die Raketen Haken wie total verrückt gewordene Norien (was ungefähr den irdischen Hasen entsprach).

Dank seiner hypersensiblen Ortungssysteme und der vom fiktiven Zeitstrahl weitgehend unabhängigen Para-Sphäre gelang es BoC all diese Manöver zu erkennen und entsprechend zu reagieren.

Wären wir nur mit einem Hyperpulsantrieb ausgestattet gewesen, wären wir schon bald hoffnungslos irgendwo stecken geblieben.

Dennoch durfte auch BoC nicht zu unvorsichtig vorgehen. Das Sternenschiff hielt gebührenden Abstand zu den Fremden, um nicht entdeckt zu werden.

So wechselte unsere Geschwindigkeit zwischen dem Antigravitations- und dem Hyperpulsantrieb sowie dem Para-Sphären-Antrieb. Auch nutzten wir jeglichen Schutz der sich uns bot. BoC manövrierte das Schiff beispielsweise in die unmittelbare Nähe von Sonnen. Er versteckte es ebenso in den Energien von Nebelwolken oder von Raum-Zeit-Anomalien.

Selbstverständlich verfügten wir auch über die schiffseigenen Tarnvorrichtungen. Die Außenhaut des Sternenschiffes war weitgehend undurchdringlich für Scanner der verschiedensten Arten. Auch einer der Energieschirme ließ Scans abprallen.

Besonders geschützt waren wir jedoch durch die Para-Sphäre, die BoC erschaffen konnte.

Diese Para-Energien entsprangen ganz offenbar von dem Geistwesen selbst, beziehungsweise aus der Verbindung zwischen ihm und dem biotischen Computer. Wie BoC erklärte, war er immer noch dabei mit diesen Kräften zu experimentieren. Er gab zu, diese besonders tollen Fähigkeiten überraschten ihn wieder und wieder selbst.

Wir waren jetzt schon fast einen Monat atalantischer Zeitrechnung unterwegs.

Hyperpulsantriebe entwickelten zwar eine enorme Geschwindigkeit, dennoch brauchten auch sie Zeit, für die Bewältigung enormer Entfernungen.

Die Antriebstechnik der Raketenschiffe war erstaunlich. Sie war noch effektiver als die der besten Schiffe von Kabar und damit auch von Atalant. Ohne die Para-Sphäre von BoC hätten wir uns nicht an diese Fremden anhängen können.

Etliche Zwischenstopps verlangsamten unseren Raumflug zudem. Die Fremden ließen sich nicht aus der Ruhe bringen. Sie manövrierten routiniert, als hätten sie schon öfter diese Wege durch die Galaxis benutzt.

Zu unser aller Überraschung schossen die elf Raketen nach ihrem letzten Manöver geradewegs in die Ferne des Alls hinaus.

Sie verließen die Galaxis auf direktem Wege, mit undefinierbarem Ziel. Dort draußen war nämlich absolut nichts wahrnehmbar. Sogar die „Spürnase" von BoC versagte kläglich.

„Meine Instrumente zeigen nur den leeren Raum an. Die Schiffe stehen zwar in ständigem Kontakt mit einer imaginären Basis, doch ich kann beim besten Willen nicht erkennen wo sich diese befinden soll."

„Ich bekomme immer mehr den Eindruck, als hätten wir diese Wesen ganz schön unterschätzt.", meinte Sandura, die Herzliche. Sie hatte die Fähigkeit ein Feld voller Liebe und Herzlichkeit auszusenden. Damit vermochte sie Freund und/oder Feind gleichermassen zu beeinflussen.

Erwan der Emphat antwortete ihr: „Da hast Du vollkommen recht. Auch als wir uns diesen Wesen fast schon auf Tuchfühlung genähert hatten, konnte ich absolut keine Emotion empfangen. Das gelingt mir sonst mühelos, über wirklich sehr große Entfernungen hinweg."

„Auch mich haben die Schiffe geblockt.", meinte Darkon, unser hellsichtiger Druidorix.

Seinen Eindruck beschrieb er so: „Ich hatte das Gefühl, als wären sie von einem Feld umgeben, das jeglichen mentalen Zugriffsversuch spiegelt und zurückwirft."

„Ganz genau, ein ziemlich weit hinausreichendes Feld. Wie eines meiner Para-Felder, nur auf einer anderen Frequenz. Jedenfalls sollten wir auf der Hut sein. Diese Wesenheiten haben anscheinend einiges auf dem Kasten was uns richtig gefährlich werden könnte.", BoC warnte völlig zurecht.

Mittlerweile hatten sich die Fremden in die Weite des Alls entfernt, nach außerhalb der Galaxis.

Urplötzlich, ohne irgendeine Vorankündigung, verschluckte die Finsternis alle elf Schiffe.

Wir Atalanter beobachteten per Scan, übertragen auf den Panoramaschirm in der Kuppel des Sternenschiffes, den überraschenden Vorgang. Wir waren ziemlich erstaunt und einige von uns sogar erschrocken. Selbst BoC war anfangs auf seine Art etwas beunruhigt und teilte dies uns auch mit.

Doch wunderbarerweise erhielten wir Unterstützung aus dem Geistigen Kosmos.

Everin, der freie Geist aus der Urzeit ohne Zeit, der uns auch schon einmal bei dem Konflikt mit der Puppen-Elite von Kabar aus der Klemme geholfen hatte, meldete sich unversehens.

Das Wesen aus einer anderen Realität oder eher einer geistig zu nennenden Wirklichkeit machte sich bemerkbar, indem es zuerst BoC einen freundlichen Wink gab.

Vasilio, Darkon und mir erschien Everin so unvermittelt im Geist, dass uns regelrecht der Atem stockte. Doch wir freuten uns über seinen Auftritt.

Wir begrüßten das großartige Geistwesen voller Respekt.

Von nun an wussten wir: Wir waren bei unserer Unternehmung nicht auf uns allein gestellt.

Ein Vertreter der Geistigen Welt stand uns zur Seite. Diese Gewissheit beflügelte.

Wir unterrichteten auch gleich unsere Begleiter, die ebenso begeistert waren.

Unmittelbar darauf gelang es dem Biocomputer punktgenau die letzten Koordinaten der Raketenschiffe zu ermitteln. BoC konnte, als undeutlichen Hinweis, eine Art Riss im Kontinuum feststellen.

Mit einem mächtigen Sprung, der nur mit Hilfe des Para-Antriebs möglich war, durchdrang das Sternenschiff im letzten Moment das Portal, das gerade noch passierbar war.

Wir landeten in einer Art Blase, die vom übrigen Universum abgetrennt schien.

Während sich hinter unserem Schiff die energetische Abschirmung schloss, sahen wir vor uns einen kleinen Sternenhaufen.

Ausschließlich Blaue Riesen, etwa 20 Sonnen ließen sich auf den ersten Scan-Blick ausmachen. Aufgrund der Enge im System, mit höchstens 20 Lichtjahren im Durchmesser, konnten wir nur grob zählen.

„Was ist das denn?", Marmuk drückte die Verwunderung aller in wenigen Worten aus: „Kann mir mal jemand erklären auf was wir hier gestoßen sind? BoC Du bist doch so überklug. Bring uns mal auf Dein Niveau in punkto Wissen!"

„Freund Marmuk, ich muss passen. Hier geschehen Dinge, die sogar mein Erfahrungspotenzial total sprengen. Diese Fremdlinge sind offensichtlich auch den Puppen weit überlegen."

„Genau, ohne wichtigen Grund hätte die Elite von Kabar jene Typen nicht auf ihrem geheimen Raumhafen landen lassen.", Darkon spielte auf unsere Beobachtung während des Aufenthaltes auf der Raumstation der Elitepuppen an.

„Wohin sind die Fremden verschwunden?", fragte ich: „Die können sich doch nicht in Luft aufgelöst haben!" „Das ganz sicher nicht.", BoC fühlte sich offenbar angesprochen: „Luft ist hier eh keine!"
„Ha, ha.", lachten einige von uns gequält. BoC fuhr unbeirrt fort: „Einer dieser Blauen Riesen bietet den Schiffen sicherlich den Ortungsschutz. Hinter so einem Stern kann man leicht verschwinden, wenn die Lenksysteme schnell genug in eine Umlaufbahn einschwenken können. So ein Manöver gehört sicher schon seit langem zur routinemäßigen Strategie dieser Typen und hat nichts mit uns zu tun."

Das Sternenschiff bewegte sich im Schutze seiner Energieschilde und der Para-Sphäre in den Sternenhaufen hinein.
BoC scannte den gesamten Raum der Energieblase, soweit dies trotz der heftigen energetischen Störungen möglich war.
Die Blauen Riesen standen nämlich derart dicht, dass ihre ausgestoßenen Energien teilweise regelrecht ineinander flossen.

Die Blauen Riesen sind die größten und massereichsten Sterne im Universum. Während nämlich die Roten Riesen ihre Ausdehnungsgröße erst im Endstadium einer Sternentwicklung erreichen, hat ein Blauer seine Größe bereits im normalen Zustand.
Im Vergleich zu all den masseärmeren Sternen haben diese Sterngiganten eine ungleich höhere Kernreaktionsrate.

Dadurch entwickeln sie eine intensivere visuelle Helligkeit mit blauen Anteilen.

Allerdings beträgt ihre Lebensdauer voraussichtlich nur einen Bruchteil der weiter verbreiteten gelben Sterne. Nach nur einigen zehn Millionen Jahren blähen sich die Blauen Riesen zu Roten Überriesen auf. Schließlich erreichen sie als Endstadium den Zustand einer Supernova.

Die Gelben können bis zu zehn Milliarden Jahre alt werden.

Von den Blauen Riesen werden häufig Röntgenstrahlen emittiert. Deren Sternenwinde werden radiativ getrieben. Dies ist eine Folge des harten Strahlungsdrucks.

In diesem blauen Höllenfeuer ihrer Strahlkraft bewegte sich nun das Sternenschiff der Atalanter.

„Kein Wunder, dass wir die Fremden nicht mehr orten können. Hier versagen sogar die Scanner dieses Schiffes. Ich kann jetzt lediglich die genaue Anzahl der Sterne bestimmen, es sind 22.

Aber sogar das Erkennen unterschiedlicher Größe bereitet mir Probleme, weil sie so dicht beieinander stehen. Eigentlich dürfte es eine dermaßen verdichtete Ansammlung von Blauen Riesen gar nicht geben. Sie müssten längst ineinander verschmolzen oder kollabiert sein."

BoC konnte uns mit seinen Ausführungen nicht gerade aufmuntern.

Ich versuchte daher zu ergänzen: „Offenbar hat die Stabilität des Gesamt-Systems etwas mit der energetischen Blase zu tun, durch die wir hier eingedrungen sind."

„So ist es! Das Energiesystem der Blase hat demnach auch eine Wirkung nach innen. Es dient nicht nur dazu, dies hier vor anderen zu verbergen."

BoC bediente sich gerne einer Ausdrucksweise, die auch Nichtwissenschaftler gut verstanden.

„Die Raketenleute sind wohl mit den gleichen Schwierigkeiten klar gekommen. Wir sollten also auf der Hut sein.", bemerkte Marmuk.
„Keine Sorge! Ich habe alles unter Kontrolle. Zumindest soweit dies technisch hier möglich ist." BoC versuchte beruhigend zu wirken. Dennoch spürte ich die unterschwellige Furcht, die von einigen meiner Begleiter ausging. Lediglich meine Ordensbrüder, die beiden Druidorix, blieben absolut gelassen.

Um meiner Rolle als Kommunikator gerecht zu werden, bemühte ich mich BoC zu unterstützen. Ich ergänzte also: „Lasst uns nach vorne schauen. Mit unserem BoC als Schiffsführer und der Unterstützung durch Everin können wir so gut wie alles erreichen. Dieses Abenteuer ist lediglich eine weitere Herausforderung, der wir einfach nachgehen müssen."

„Find' ich Klasse! Ich liebe Herausforderungen!", der Sarkasmus in Dessas Stimme war nicht zu überhören. Die Laserfrau war ansonsten eine Kriegerin ohne Furcht und Tadel. Doch sie liebte es nicht, wenn ihr die Möglichkeiten zur direkten Einflussnahme entglitten. Im Unterschied zu Sandura sprühte Dessa im Normalfall geradezu vor Unternehmungslust.

Sandura hatte ihre Gefühle weit weniger im Griff. Ihre Furcht schwappte aus ihr heraus. Wenn ich sie nicht geistig abgeschirmt hätte, wäre ihr übergreifendes Gefühlschaos für uns unangenehm geworden.
Ich umgab die „Herzliche" mit einem emotional wärmenden Mantel, der ihre aufgewühlte Gefühlswelt dämpfte. Dies half ihr selbst und wirkte auch nach außen hin.

Diese Fähigkeit erwarb ich mir im Laufe meiner langjährigen Ausbildung zum Druidorix. Sie gehörte unter anderem in den Bereich der Befähigungen die mentale Kommunikation ausmachte.

Erwan der Emphat, hätte besonders unter dem Ansturm des Gefühlsausbruchs von Sandura gelitten. Ihm half BoC, indem er ebenfalls ein schützendes Para-Feld um ihn legte.

Das Ergebnis dieses Schutzes konnte jeder deutlich sehen. Erwan schlief nämlich tief und fest, ohne irgendeine Regung.

BoC steuerte das Sternenschiff immer weiter an die Blauen Riesen heran. Glücklicherweise hatte das Schiff einen überaus wirkungsvollen Schutzschirm. Der gehörte zu seiner technischen Ausstattung. So brauchte BoC seine Para-Fähigkeiten nicht unnötig einzusetzen. Schließlich war er noch immer im Experimentiermodus, wie er sich ausdrückte.

„Wir müssen weiter in Richtung des Zentrum des Systems vordringen. Ich kann es zwar nicht mit Sicherheit sagen, aber mir schwant, dass uns dort eine Überraschung bevorsteht.“

„Noch mehr von diesen Überraschungen? Mich überrascht hier langsam gar nichts mehr.“ Ausgerechnet unser hellsichtiger Druidorix Darkon ließ sich zu so einer Aussage hinreißen. Seine besondere Fähigkeit wurden nämlich innerhalb der Energieblase vollständig ausgebremst.

Wir durften miterleben, wie das Schiff sich seinen Weg durch ein blaues Wabern bahnte. Der Panoramabildschirm über unseren Köpfen ließ keine Wünsche offen. Uns bot sich zwar ein bedrohliches aber zugleich wunderschönes Schauspiel.

Mir offenbarte sich zudem die furchtbare Qual, unter der die Sterne im Gefängnis der Energieblase litten. Wenn jemand meint, die Sterne im Universum wären einfach nur Materie, der irrt gewaltig.

Für einen ausgebildeten Kommunikator ist es manchmal eine regelrechte Offenbarung, wenn Sterne singen oder tatsächlich kommunizieren.

Speziell in solchen Momenten gelingt der Gleichklang mit dem Göttlichen TAO. Speziell dafür liebe ich meine lebenslange Ausbildung und die erworbenen Fähigkeiten.

Doch hier musste ich mit anhören, wie die Blauen Riesen vor Schmerzen stöhnten. Die aufgezwungene Enge und damit verbunden die Unfähigkeit zur normalen Entwicklung bereitete den Sternengiganten unsägliche Pein. Ich bat deshalb unseren BoC, auch mir vorübergehend seinen Para-Schutz überzustülpen, zumindest bis ich mich selbst einschwingen und schützen konnte.

Das Sternenschiff drang mit dem Hyperpuls-Antrieb immer weiter in den Pulk an Sternen ein.

Unvermittelt entdeckten wir wieder Raketen. Allerdings waren es jetzt nicht nur elf sondern einige hundert oder tausende.

Sie umkreisten einen enorm großen Planeten, der zwischen mehreren Sonnen ruhte. Er bewegte sich nicht, hatte keine Umlaufbahn.

Im Schutze eines weit in den Raum hinausreichenden roten Energiefeldes trotzte er den Gravitationsfeldern der in seiner Nähe befindlichen Riesen.

Um ihn herum kreisten, im Inneren des roten Feldes, die vielen Raketenschiffe.

Sie bildeten unterschiedlich geformte Raumstationen aus Schiffen. Dafür hingen sie mit Tunnelsystemen eng verbunden aneinander.

Auf diese Art und Weise konnten die Fremden von Schiff zu Schiff und von Station zu Station wechseln.

Einzelne dieser Raumschiffe zogen losgelöst ihre Bahnen. Diese dienten offenbar als mobile Eingreiftruppe, wenn jemals Gefahr im Verzug sein sollte.

Unser Schiff wurde von BoC im Verborgenen gehalten. Zumindest meinten wir zu diesem Zeitpunkt noch, von den fremden Wesen nicht entdeckt werden zu können.
Weit entfernt von dem roten Schirmfeld vermied BoC jede unnötige Bewegung des Sternenschiffes.
Er nutzte die Strahlung eines Blauen in der Nähe des Planeten, um uns möglichst unauffindbar werden zu lassen.

Was uns diesmal gelang, war die direkte Sicht auf jene Lebewesen, die sich bisher vor unseren Scannern abschirmen konnten.

Allerdings bedurfte es für einen besseren Einblick etwas mehr Risikobereitschaft.

Der Konkon?

Zwischen den Schiffen und Stationen huschten in den Tunneln Fahrzeugkabinen kreuz und quer.

Noch waren wir wesentlich zu weit entfernt, um uns erkennen zu lassen, wer oder was sich in den Kabinen befand.

BoC versuchte uns über den Panoramaschirm einen umfassenden Eindruck des fernen Geschehens zu geben.

„Ich werde mich jetzt etwas näher heranwagen." Mit diesen Worten verließ er unsere Deckung, in der Nähe des Sternes der dem Planeten am nächsten stand. Weiterhin wurden wir sowohl durch den Tarnschirm des Sternenschiffes als auch durch sein tarnendes Hüllenmaterial geschützt.

Ich hoffte, dass BoC auch in der Blase seine Para-Fähigkeit einsetzen konnte, um uns unauffindbar zu machen.

Jedenfalls schoben wir uns näher und näher an das rote Energiefeld heran das den Planeten umgab. BoC trug damit nicht gerade zu unser aller Beruhigung bei.

Sogar Marmuk dem Giganten wurde es mulmig, was er deutlich machte: „Herrgott BoC, willst Du uns diesem ganzen Schwarm dort vorne aussetzen? Solche Experimente können uns in Teufels Küche bringen!"

„Keine Sorge mein Freund. Ich kann erkennen, dass die Burschen keinerlei Scanner einsetzen. Sie scheinen sich in diesem heimatlichen Umfeld sehr sicher zu fühlen. Außerdem befindet sich das Schiff in einer Para-Sphäre. Wir sind somit außerhalb des üblichen Raumes. Dennoch danke!"

„Wofür denn danke?", Marmuk war irritiert. BoC versuchte die Situation mit etwas Humor zu würzen: „Für den Herrgott. Ist zwar ein wenig übertrieben, hat mir aber gut gefallen."

Die ganze Besatzung konnte endlich wieder einmal herzhaft lachen.

In langsamer, überaus vorsichtiger Schleichfahrt brachte BoC das Sternenschiff ganz nahe an den roten Schirm.

Wir wurden tatsächlich nicht aufgespürt. Zumindest deutete nichts darauf hin, dass man uns irgendwie wahrnahm. Es konnte ja auch sein, wir waren diesen Kerlen zu unwichtig.

Jetzt gelang es BoC uns ein Bild von den Passagieren in den Kapseln zwischen den einzelnen Raumschiffen zu liefern. Uns stockte fast der Atem.

Sehr deutlich zeichneten sich die Fremden auf dem Bildschirm ab, der sich über unseren Gallertsesseln wölbte.

Dort fuhren unterschiedlich große Echsen herum. Wir sahen diese computertechnisch animierten Wesen wie hinter einem roten Film. Es handelte sich um verschiedene Rassen, die offenbar miteinander kooperierten.

Mir schoss eine unangenehme Erinnerung durch den Kopf. Vor langer Zeit, als ich noch sehr jung und am Anfang meiner Ausbildung war, hatte ich plötzlich und unvorbereitet mentalen Kontakt zu einer Echsenrasse, irgendwo im Universum. Diese Wesen kamen mir brutal und grausam vor.

Damals war ich froh, wieder in die relative Realität meiner Umgebung gelangen zu können.

Überdeutlich empfand ich nämlich deren emotionale Gleichgültigkeit, ihre Gefühlskälte.

Ich erlebte mit, wie sie ohne jede Gefühlsregung dafür sorgten, dass ihr Bestand sauber blieb. Kranke und geschädigte Mitglieder der Gemeinschaft wurden kurzerhand eliminiert.

Überzählige Kinder, die als unnütze Esser angesehen wurden, haben ihre eigenen Eltern zerlegt und als Nahrung verwertet.

Ich erinnerte mich nur sehr ungern an diesen geistigen Kontakt. Er dauerte damals zwar nur wenige Stunden, prägte sich aber ziemlich intensiv ein.

Bis zu diesem Zeitpunkt konnte ich nicht sagen, wo sich diese Echsen wirklich befanden.

Aber diese Projektion über meinem Kopf restimulierte das alte Geschehen mit aller Härte.

„Die großen Kerle kenne ich!", brach es unvermittelt aus mit heraus.

Ich erzählte meinen Begleitern die Geschichte aus meiner Jugend: „Damals sollte ich erstmals meditativ erspüren, wie Emotionen sich auf verschiedene Lebensformen auswirken. Mir offenbarten sich im Verlaufe von mehreren Meditationen die unterschiedlichsten Eindrücke. Bis ich urplötzlich auf eine Null-Emotionsebene stieß. Eben dieser, dort draußen zu sehenden Echsenform."

„Hat man Dich damit etwa allein gelassen?". Besonders Erwan, der mitfühlende Emphat, konnte gut nachvollziehen, wie mich das Geschehen wohl gebeutelt haben mag.

„Nein, nein! Ich wurde damals behütet und angeleitet von meinem ersten Mentor, einem Druidorix mit Namen Jathor, der Jahre später ins Zwischenreich wechselte. Er war eine überaus fähige Wesenheit. Er hat mir sofort geholfen dem Geschehen standzuhalten. Deshalb reißt es mich auch jetzt nicht aus dem Gleichgewicht."

„Wenn Du von den Echsen sprichst, so meinst Du doch sicher Reptiloiden!“, meinte Erwan der Emphat. „Ich habe auch schon mit denen zu tun gehabt. Aber so sahen die noch nie aus.“

„Gut erkannt. Ich spreche auch nicht von Reptiloiden. Die Reptos sind nämlich doch noch irgendwie menschenähnlich. Hier sind es Echsen. Die langen Schnauzen mit den scharfen Zähnen sind ganz anders als die Gesichter von Reptiloiden. Sie sind die Angehörigen einer wesentlich älteren Spezies. Vielleicht sind Echsen die Vorläufer. Bevor ihre Nachfahren menschenähnlichere Züge annahmen.“

„Auf mich wirken sie beängstigend und bedrohlich!“, sagte Sandura und kauerte sich tief in ihren schützenden Gallertsessel.

BoC schaltete sich unvermittelt ein: „In irgendeiner Weise habe ich allerdings den Eindruck, als gäbe es noch etwas Anderes, das sich noch nicht gezeigt hat. Diese Echsen sind nur die Handlanger.“

„Kannst Du erkennen worauf sich Dein Eindruck bezieht“, fragte ich.

„Leider noch nicht konkret. Es ist nur eine Art Gefühl, ohne deutliche Wahrnehmung.“

„Whow! BoC, Du hast tatsächlich Gefühle? Bisher dachte ich Du wärst einfach nur über den Computer definierbar.“, Marmuck der Gigant half sich selbst mit dieser Äußerung, um keine eigenen Gefühle preis zu geben.

Lächelnd schob ich all diese Unsicherheiten beiseite. Mir war schließlich ebenfalls mulmig zumute.

Glücklicherweise schützten uns BoCs Para-Fähigkeiten. Er umgab jeden von uns mit einem angepassten Schutzfeld, damit wir nicht im Chaos unserer individuellen Emotionen versanken.

Diese interessante Fähigkeit hatte er erst vor kurzem entdeckt. Sie war zwar noch neu, half uns allerdings schon jetzt.

Damit überstanden wir auch später alle Tiefen der Hölle. Doch ich sollte nicht vorgreifen.

BoC bot mir an: „Komm, lass uns gemeinsam auf eine Reise gehen. Du verlässt Deinen Körper und auch ich nehme mein ursprüngliches Sein außerhalb des Schiffes wieder an. So können wir uns vielleicht den wahren Wesen hinter den Echsen annähern. Ich ahne, dort verbergen sich Wesenheiten die noch wesentlich älter sind, als die sichtbaren Ur-Echsen."

Selbstverständlich war ich sofort bereit. Meine Neugier, mein Forscherdrang und mein Wissensdurst fegten jegliche Angstanwandlung hinweg.

Es gelang mir schon sehr oft meinen Körper in einer Art Stasis zurückzulassen.

Er verweilte dann in Warteposition bis ich wiederkam. Das gehörte bereits zu den Anfängen meiner Ausbildung zum Druiden. Mit der Unterstützung von BoC war alles noch einfacher.

Ich informierte telepathisch meine Begleiter, die Druidorix Vasilio und Darkon. Wenn möglich, so versprach ich, würde ich den geistigen Kontakt aufrechterhalten.

Ich spürte sowohl ihre Besorgnis als auch zugleich die Erwartung, das Unbekannte näher erforscht zu bekommen.

"T AaaOooo, T AaaOooo, T AaaOooo, ...", die übliche Formel in der Wiederholung brachte mich in den entscheidenden Zustand, der damit zur Loslösung vom Fleischlichen führte.

Das körperlich angepasste Gehirn kümmerte sich auch weiterhin um das materielle Dasein. Hingegen trat ich Selbst, TAO, die Seele, aus dem Körper heraus und nahm den Verstand mit.

Dieser mein Verstand war, in Verbindung mit mir, der entscheidende Analysator zur planvollen Auflösung von Problemstellungen.

Ich hatte meinen Verstand soweit unter Kontrolle, dass er mir bedingungslos zuarbeitete.

Bei etlichen meiner atalantischen Freunde war diese Art der Zusammenarbeit, mit der völligen Kontrolle über ihren Verstand, noch nicht erreicht.

Mit der Hilfe von Spirituellen Rückführungen versuchten wir damals, als wir noch im Sternensystem von Atalant waren, jedermann an diesen Zustand anzunähern. Dies war oftmals ein langwieriger Prozess mit vielen Variablen.

Zudem trugen einige Atalanter immer noch die geistigen Einpflanzungen, die Implants, in ihrem leider dadurch ziemlich verpfuschten Verstand.

Diese Einpflanzungen wurden von der kabarianischen Gesellschaft jedem Neugeborenen implantiert, um sie zu guten, gefügigen Mitgliedern der Gemeinschaft zu machen.

Diese hinterhältigen Implants traten nicht offen zutage. Sie wurden durch normale menschliche Verhaltensweisen gedeckelt.

So wusste ich noch nicht einmal genau, ob nicht auch unsere atalantischen Begleiter, die keine Druidorix waren, noch immer unter dem Einfluss von geistigen Einpflanzungen stehen konnten.

Die Anzeichen dafür zeigten sich lediglich durch extreme Verhaltensweisen in Stresssituationen.

Seltsamerweise drängten sich mir solche Gedanken auf, während ich mich mit BoC auf die Reise begab. Was hatte dies mit den Fremden zu tun?

Wir verließen das Sternenschiff als geistige Wesenheiten. Eine durch BoC gewissermaßen abgekoppelte Para-Sphäre umgab uns schützend.

Wie immer konnte ich selbstverständlich alles um mich herum noch umfassender sehen, als von einem Körper aus.

Das geistige Sehen war ein Rundumsehen, ohne die üblichen räumlichen Beschränkungen. Vielmehr war es ein Wahrnehmen mit allen Sinnen.

Wobei jede sinnlich körperliche Empfindung weit übertroffen wurde.

Die geistige Signatur von BoC „spürte" ich direkt neben mir.

Doch sowohl das Spüren als auch die räumliche Entfernung waren unbeschreiblich anders, als beim körperlichen Miteinander. Vielmehr verschmolzen wir zu einem Ganzen.

Ich kannte dies bereits von den Ausflügen, die wir als Verbund der Druidorix unternahmen.

BoC und ich wussten einfach jeder von dem jeweils anderen. Wir mussten nicht einmal miteinander kommunizieren. Unsere Denkstruktur war ein und dieselbe, ohne trennend zu erscheinen.

Ich/wir sahen das Sternenschiff unter uns. Wir konnten seltsamerweise sämtliche technischen Abschirmvorrichtungen durchdringen und blickten so direkt in die Kommandozentrale.

Mein Körper ruhte im weichen Gallertsessel. Unsere Freunde waren ebenfalls von dem körperwarmen Material ihrer Sessel umfangen.

Lediglich die beiden Druidorix verfolgten per Telepathie unseren Fortgang. Sie waren etwas beunruhigt, als sie merkten wie leicht wir das Schiff durchdringen konnten.

BoC/ich sandte jedoch eine entsprechende Beruhigung: „Das gelingt nur uns, weil wir genau wissen, woher wir kommen und wie es dort aussieht."

Darkon antwortete: „Das haben wir uns schon so ähnlich gedacht. Es war nur ziemlich verwirrend, als wir uns in euren Gedanken selbst deutlich wahrnehmen konnten."

Als wir mit einem gedankenschnellen Sprung den roten Energieschirm überwanden, der den riesigen Planeten umgab, brach die telepathische Verbindung zu den beiden Druidorix plötzlich ab.

Offenbar blockte das Energiefeld jegliche mentale Verbindung.

Was uns hier erwartete, hätten wir uns in unseren kühnsten Träumen nicht ausmalen können.

Ganz plötzlich umfingen uns regelrecht heftige Gefühlsstürme. Die rote Energieblase war davon erfüllt. Wir empfanden dies wie dichte Nebelwolken.

Die Gefühle waren ganz unterschiedlich, allerdings erlebten wir ausschließlich negative Emotionen. Sie reichten von unbändiger Wut über heftigen Schmerz bis hinunter zu tiefster Apathie.

Der jegliche Lebendigkeit verschlingende Tod schlug uns ebenso entgegen, wie vollständiger Verlust von lebensbejahender Kontrolle. Hier brodelte eine Hölle der schlimmsten Emotionen.

Wäre nicht BoC, als mein zweites Ich, mit mir gewesen, es hätte mich vermutlich in den Strudel hineingerissen.

So prallte der gewaltige Malstrom jedoch an uns ab. Wir konnten zwar all dies noch wahrnehmen, doch glücklicherweise nur in einem wesentlich gemäßigteren Ausmaß.

Wir fragten uns, wie die Echsen diese Emotionen ertragen konnten. Gleich darauf erhielten wir die erschreckende Antwort.

Indem wir uns den Raketen weiter näherten nahmen wir wahr, wie diese Echsenwesen das emotionale Chaos genossen.

Sie nährten sich gewissermaßen davon. Ihr eigenes Unvermögen für Empfindungen solcher Art wurde ausgeglichen, mit dem Strom der Emotionen, der sie hier umgab.

Sie erhielten dadurch eine Aufladung in ihrem energetischen Haushalt und fühlten sich so ausgesprochen wohl, in ihrer ansonsten stumpfen Haut.

Was wir aber zudem wahrnehmen konnten, was uns von außerhalb des Schirms völlig verborgen blieb, im Hintergrund agierte eine weitere Rasse.

Diffus spürten wir etwas, was aus dem Urgrunde der Entstehung des Universum stammen musste.

Wir hatten ganz plötzlich diese Erkenntnis. Everin war unvermittelt bei uns. Er verhalf uns zu dem entsprechenden Wissen.

Allerdings mussten wir von ihm auch erfahren, dass er uns nicht beständig unterstützen konnte.

Sein Erscheinen war davon abhängig, ob die pulsierende Energieblase des äußeren Systems ihm einen Durchlass ermöglichte.

Doch gerade jetzt, bei dieser Gelegenheit konnten wir von seinem Wissenspool profitieren:

Rechneten wir schon die Echsenrasse zu einem besonders alten Stamm von Lebewesen, so drängte sich uns nun das Wissen auf, dass hier Leben existieren könnte, dem eine noch weitaus ältere Zeitspanne zuzurechnen wäre.

Seltsam war nur, dass sich diese Lebensform unserem geistigen Zugriffsversuch entziehen konnte.

Vielleicht waren wir einfach nur zu zaghaft in unserem Vorgehen.

Der Signatur nach konnte es sich um kein rein geistiges Wesen handeln.
Dieses hätte BoC sofort wahrnehmen können. Es hätte mit ihm in einer Art verwandtschaftlicher Beziehung gestanden.
Immerhin war BoC kein Computer, sondern eine Wesenheit die sich im Sternenschiff eines Bio-Computers bediente, um für uns tätig zu sein.
Die Geistigkeit seines Seins ging weit über den Bereich Lebewesen hinaus. Sie war noch ursprünglicher als jegliche Lebensform und am ehesten mit Everin vergleichbar.

Was also hatten wir hier vor uns? Ich/wir bemühten unsere eigenen Wissensspeicher und erhofften uns Antworten von Everin.
Mit dessen Hilfe holten wir uns die Informationen aus den übergeordneten Akasha-Chroniken des Universum. Es handelte sich dabei um das Quantennetzwerk, das überall vorhanden war/ist.
Dieses Akasha-Konstrukt enthielt alle abgespeicherten Informationen und Daten vom Anbeginn der Zeiten und noch davor.
Dessen Wissenspool umfasste somit sowohl diesen Sektor als auch das Wissen der Fremden, das diese in die Umgebung mitgebracht hatten.

Die ersten, noch primitiven Lebenseinheiten erschienen vor unserem geistigen Auge.
Anfangs verwarfen wir deren bildhaft aufgezeigte Existenz, als unbrauchbar für die gegenwärtige Situation. Doch je intensiver wir uns damit beschäftigten, umso deutlicher schälte sich heraus, wir durften nichts, rein gar nichts als unmöglich abtun.

28

So erhielten wir Stück für Stück die Bilder, von mit Intelligenz gesegneten Amöben.

Diese Lebenseinheiten waren in den Urmeeren von vielerlei Planeten zuerst winzig klein und ohne Denkvermögen.

Die Einzeller wuchsen zunehmend, ohne allzu feste Körperformen einzunehmen. Diese Art vermied es sich zu Mehrzellern heranzubilden. Ihr Zustand änderte sich über die Jahrmillionen nicht wesentlich. Offenbar stand eine Absicht darin.

Allerdings entwickelten sie ganz langsam eine Art Kollektiv, das untereinander energetische Verbindungen einging.

Dadurch gelang es ihnen Wissen zu speichern, es zu analysieren und teilweise auch anzuwenden.

Was ihnen jedoch fehlte war die Möglichkeit das Erdachte in Handlungen umzusetzen und schließlich dauerhaft zu manifestieren.

So begaben sie sich auf die Suche nach Lebewesen mit Greif- und Fortbewegungs-Mechanismen.

Sie fanden diese in den Urformen der Echsen. Sie besetzten die Echsenwesen geistig, vermittelten ihnen neue Fähigkeiten und Fertigkeiten und brachten sie dazu, ihnen unterstützend zu dienen. In einem symbiotischen Miteinander eroberten sie sogar andere Welten.

Immerhin waren da mehrere Systeme im näheren Umfeld ihrer Galaxis, die ähnliche Entwicklungen aufwiesen. Mit den dort existierenden Amöben bildeten die ersten ihrer Art weitere Vernetzungen, diesmal über die Planetensysteme weit hinaus ins Weltall.

Wir entdeckten diese Informationen in dem Teil der Akasha, die für den nahen Umkreis der Energieblase zuständig war: Was wir hier vor uns hatten, waren Entwicklungsformen von weit außerhalb der Milchstraße.

Sie hatten überwiegend ihre Echsenarten mitgebracht. Mittlerweile nutzten sie allerdings auch einige Echsen aus den Sternensystemen unserer Galaxis.

In den Puppen des Sternenbundes von Kabar waren sie auf alte Verbündete gestoßen.

Wie auch wir schon vermutet hatten, waren die Puppenwesen eine extrem alte Rasse. Offensichtlich gab es diese seltsamen Existenzen auch noch in anderen Galaxien.

Dort waren sie mit den Amöben bereits eine, für beide Seiten nutzbringende, Allianz eingegangen.

Mit den Puppen gemeinsam entwickelten sie die Technologie der Seelensauger, zum Einfangen von Seelen-Einheiten. Als Seelen-Einheit ist die Verbindung von TAO-Seele und Verstand anzusehen.

Jetzt wurde uns einiges klar! Deshalb hatte sich die Puppen-Elite der Milchstraße ohne große Umschweife mit diesen Amöben verbündet.

Das Sternenbündnis von Kabar wurde auf diese Art und Weise ganz offensichtlich von den Echsen und Amöben so gut wie übernommen.

Mit der Überlassung der Seelensauger-Technik gewannen die fremden Wesenheiten Kontrolle über einen wichtigen Anteil der Kontrollmechanismen.

Mit den Saugern konnten die Eliten zugleich viele Völker und nicht nur das Volk der Atalanter unter ihre Knute zwingen.

Was aber erhielten die Fremden dafür? Welche Gegenleistung wurde ihnen zugesprochen?

Die Antwort darauf mussten wir schmerzhaft erfahren, als wir uns noch weiter an den riesigen Planeten heranwagten.

Ich/wir nahmen eine Art Umlaufbahn über dem Riesen ein.

Wir wollten die Struktur geistig scannen sowie herausfinden, wo diese Amöben ihre Stützpunkte hatten.

Mittlerweile war uns bewusst, dass auf jedem der Raketenschiffe eine Einheit von Amöben ihre jeweiligen Echsen steuerten.
Von Schiff zu Schiff standen sie in einer Art Telepathie-Trance in Verbindung.
Auch mit den planetaren Lebenseinheiten bestand eine solche Bindung.
Dadurch hielten diese Amöbenwesen ein unermesslich vernetztes, mächtiges Potenzial aufrecht.

Jetzt ergriff uns tatsächlich ein Gefühl von Ehrfurcht. Wir hatten es anscheinend mit einem Gegenüber zu tun, das für dieses System, die gesamte Energieblase mit all den Blauen Riesen, den vielen Echsen und dem gigantischen Planeten, wie ein Gott erscheinen musste.
War sich diese Gottheit seiner Macht bewusst? Hoffentlich nicht! Doch diese Hoffnung wurde schon bald enttäuscht.

Während wir weiterhin unserer Aufgabe nachgingen, den Planeten erkundeten und scannten, schwoll die Emotionswolke dramatisch an.
Unter uns, in den Tiefen des Ozeans, musste sich eine enorme Quelle für alle diese Emotionen befinden. Was war dort?
Ich merkte, wie unsere Gemeinschaft ins Wanken geriet. Das Miteinander des BoC/ich bekam Risse.

Mit einem Parasprung entkamen wir gerade noch der aufkommenden Gefahr.
Urplötzlich befanden wir uns außerhalb des roten Schirmes.

Sofort setzte auch wieder die telepathische Verbindung zu unseren Freunden ein.

„Was war denn los?", fragte Vasilio. Wir erklärten: „Der rote Energieschirm verhindert den telepathischen Kontakt total. Vorsichtshalber unterrichten wir euch erst sobald wir wieder auf dem Schiff sind. Hier geschehen unheimliche Dinge."
Gesagt, getan! Der nächste Sprung brachte uns zurück zum Sternenschiff.

BoC trennte sich von mir. Während ich mich in meinen Körper zurückzog und mich erst einmal mental erholte, beschäftigte sich BoC bereits mit der Auswertung der gewonnen Daten.
Er fütterte den Bio-Computer mit dem Wissensgehalt des Erfahrenen. Das gewonnene Ergebnis war erschütternd.

BoC informierte uns alle über die Erlebnisse hinter dem roten Energieschirm.
Er versuchte sich so verständlich wie möglich auszudrücken, geriet aber dennoch auch ins Abseits des allgemeinen Verstehens. Dies geschah besonders dann, wenn er Begriffe gebrauchte, die vor allem von unserem Bio-Computer geprägt wurden.

So erklärte er beispielsweise, für einige ziemlich ermüdend, viel zu ausführlich die Schwingungsqualität des roten Schirmes.
Auch als er verschiedene Eindrücke aus Teilbereichen des Quantennetzwerks darlegte, eben der Akasha-Chronik, konnten ihm nur die wenigsten folgen. Dennoch gelang ein recht anschaulicher Bericht.
Hier fasste ich kurz zusammen was BoC, das Geistige Wesen gemeinsam mit dem Bio-Computer, herausgetüftelt hatte:

Der gigantische Wasser-Planet war die Brutstätte aller Amöben dieses Netzwerkes.

Der Planet kam, zusammen mit den ihn umgebenden blauen Riesensternen, von einer außerordentlich weit entfernten Galaxis.

Die Blauen Riesen waren tatsächlich Gefangene der Amöben und ihrer Echsen.

Sie wurden in dem Energie-Gespinst der alles umgebenden Blase gefangen gehalten, um dem einzigen Planeten im System Kraft zu spenden und um sowohl die Energie für die Blase als auch für weitere verschiedene Anwendungen zu liefern.

Auch die Raketen wurden von den Blauen Riesen per Hyperstrom gespeist. Damit konnten sie, angeschlossen an den Strom, der von ihrer Energieblase ausging, enorme Entfernungen überwinden, ohne auf interne Energiereserven angewiesen zu sein.

Das war eine Art Technologie, die weit über das hinausreichte was wir bisher kannten.

Diese Technik ging keineswegs nur aus der Denkstruktur der Amöben hervor.

Die Echsen konnten wir in diesem Zusammenhang sowieso ausklammern. Deren Aufgaben waren lediglich Handlangerdienste.

Hauptanteile an der Entwicklung hatten die Puppenwesen der fernen Ursprungs-Galaxie. Von denen wurde nämlich die symbiotische Vereinigung auf die Reise geschickt.

Aus logischen Überlegungen heraus konnten wir annehmen, dass man diese übermächtig werdenden Lebensformen loswerden wollte.

Indem ihnen eine Falle gestellt wurde, schickte man sie in den Leerraum hinaus.

Dass sie jetzt hier angelandet waren, konnte eher als bedingter Zufall angesehen werden.

Vielleicht war es aber eine Art Vorsehung, der sie in unserer Milchstraße auf ähnliche Puppen stoßen ließ wie vordem.

Diese Informationen hatten wir aufgenommen als BoC/ich um den Planeten kreisten.

Kurzzeitig kamen, mit Everins Unterstützung, telepathische Gedankenfetzen bei uns an, die wir jetzt nur noch zu einem Gesamtpuzzle fügen mussten.

Übrigens sind die telepathischen Fähigkeiten der Amöben sehr begrenzt. Sie nutzen diese Art der Verbindung lediglich, um ihr Kollektiv aufrecht zu erhalten. Die Echsen sind nicht eingebunden.

Jedoch werden sie entweder vom Kollektiv oder von entsprechenden Abspaltungen gesteuert, die in den jeweiligen Raumschiffen untergebracht sind.

Sie sind nichts anderes als eine fremdgesteuerte Sklavenrasse, ohne eigenständigen Willen.

Nur die Echsen der Milchstraße lassen sich nicht so ohne weiteres gängeln. Diese Lebewesen müssen auf irgendeine Art und Weise überzeugt werden, um der Gemeinschaft zu dienen.

Eine Art der Überzeugung wirkt besonders eindringlich: Die Versorgung mit heftigen, dem Wahrnehmungsmodus dienlichen Emotionen.

Wir haben vermutlich auch herausfinden können woher diese Emotionen stammen. Glücklicherweise habt ihr das Gefühlschaos hinter dem roten Energiefeld nicht ertragen müssen.

Auf dem Riesenplaneten beherrscht ein unglaublich tiefer Ozean die Szene.

Er umspannt den gesamten Himmelskörper. In ihm tummeln sich Milliarden und Abermilliarden von Amöben. Dieses Volk lebt als Kollektiv und hat ausschließlich als solches Intelligenz entwickelt.

Natürliche Feinde gibt es dort bereits seit Ewigkeiten nicht mehr.

Das Zentrum für die Aussendung der Emotionen haben wir am Südpol des Planeten lokalisieren können. Dort spinnen zahlreiche kleinere Stationen ein Netz aus energetischen Fäden.
Es bildet sich dadurch eine Art Gefängnis, ein Kokon, der etwas einschließt was unglaublich schien.

Aus etlichen zusammengefügten Daten ermittelten wir nicht nur den Standort, sondern auch die erschütternde Funktion dieses Kokon.
Dort halten die Amöben Wesenheiten gefangen. Die Gefangenen sind körperlos. Sie existieren nur noch als Seelen-Einheiten. Wir erhielten dadurch die Antwort auf die Verbindung zu den Puppen.

Die Puppen-Elite des Sternenbundes von Kabar ermöglichte es den Amöben ihren Seelenspeicher zu erneuern, ihn aufzufrischen.
Anscheinend hatten die alten Seelen aus der fernen Galaxis im Laufe der Zeit ausgedient.
So brauchte es „Frischfleisch" beziehungsweise frische Seelen-Einheiten.
Die Funktion des Gefängnisses müssen wir noch genauer erkunden. Für eine genauere Analyse fehlen uns noch entscheidende Informationen. Vorerst können wir nur spekulieren."

BoC beendete seinen Vortrag mit der stillen aber unmissverständlichen Aufforderung zur weiteren Erkundung der Situation.

Erwan der Emphat wirkte aufgebracht, jedoch regelrecht enthusiastisch, als er empfahl: „Leute, ich bin überwältigt von soviel finsteren Absichten.

Lasst uns also schnellstens einen Schlussstrich unter die Machenschaften dieser Monster ziehen!"

Dessa die Laserfrau gebot ihm etwas Einhalt, war aber ebenso angriffslustig: „Mein Guter, Du sprichst mir aus dem Herzen.

Wie aber sollen wir mit nur einem kleinen Schiff diesem ganzen Haufen von Ekelpaketen entgegentreten?"

„Sehr richtig!", bemerkte Vasilio der Druidorix: „Unser Potenzial ist viel zu gering, gegenüber dem was die Amöben und die Echsen aufzubieten haben.

Aber wir haben es immerhin bis hierher geschafft ohne bemerkt zu werden.

Mit BoC und seinen vielfältigen Para-Fähigkeiten sowie mit Everins gelegentlichem Beistand können wir womöglich mehr erreichen, als sowohl wir uns als auch diese Wesen jetzt noch vorstellen.

BoC sollte uns einfach genauer darlegen, welche vielfältigen Möglichkeiten ihm und dem Schiff zur Verfügung stehen. Dann können wir uns gemeinsam einen Plan überlegen."

Darkon pflichtete ihm unumwunden bei. Schließlich war er nicht nur hellsichtig sondern auch positiv in seiner Denkart.

Leider ließ ihn seine Hellsichtigkeit in diesem Umfeld auch weiterhin im Stich.

Doch auch ich ließ mir keine grauen Haare wachsen. Dies obwohl ich gemeinsam mit BoC dem Grauen direkt ins Auge geblickt hatte.

Der emotionale Höllensturm war mir noch gut in Erinnerung.

Freiheitskämpfer

BoC ließ sich etwas Zeit, bevor er damit begann uns die von ihm bisher entwickelten Para-Fähigkeiten darzustellen:

„Wie ihr alle wisst bin ich seit Anbeginn unserer Reise immer wieder einmal selbst davon überrascht worden, welche Möglichkeiten des Einsatzes von paranormalen Befähigungen sich mir boten.

Indem ich, als ursprünglich rein Geistiges Wesen, mit dem Feld meines Daseins im Schiff experimentierte eröffneten sich mir immer mehr, bis dahin im physischen Universum unerkannte, neue Talente.

Ich vermute, dies hat auch etwas mit den technisch hochwertigen Energien zu tun die dem Schiff eigen sind. Nur hätte es von sich aus, ohne mein Zutun, keinerlei Para-Eigenschaften entfalten können.

Angefangen hat alles mit dem Para-Antriebssystem. Diese Art des Antriebs nutzt eine Art Raum neben dem üblichen Raum-Zeit-Kontinuum.

Sobald wir, mit oder ohne Schiff, in diese Schwingungsebene eindringen, verliert die Zeit ihren Einfluss. Dies kenne ich bereits als geistige Komponente, vom Dasein als Geistige Wesenheit.

Es wurde mir nur noch nicht so klar und ich dachte vordem, mit irgendwelchen materiellen Bestandteilen, wie dem Schiff und seiner Besatzung, wäre kein entsprechender Zugang möglich.

Das Para-Kontinuum ist eine Art Parallel-Ebene, eine Parallel-Dimension oder wie immer man es nennen mag.

Jedenfalls hat es Ähnlichkeit mit einem Dasein im Geistigen.

Während sich der Hyperantrieb direkt mit diesem Universum auseinandersetzt, etwa den Raum krümmt und dadurch Überlichtgeschwindigkeit zustande bringt, lässt der Para-Antrieb Raum und Zeit total unwichtig werden.

Dass bei einem Sprung dennoch Zeit vergeht, liegt an der Wiedereintrittsphase, herein in dieses physische Universum. Das Angleichen gibt der Komponente Zeit eine erforderliche Gelegenheit, sich wieder bemerkbar zu machen.

Ohne den mitgeführten, materiellen Ballast würde der reine Geist nicht einmal solch ein Parallel-Etwas brauchen. Offenbar strukturiert sich unser Para-Kontinuum nur aufgrund der Verbindung, die ich hier mit dem Bordcomputer eingegangen bin.

Nun denn! Das nächste Phänomen, das ich erzeugen konnte, war die Abspaltungen von Para-Sphären. Damit konnte ich Marmuk und Dessa vor den Puppen verbergen, als wir auf deren Raumstation so richtig loslegten. Diese Abspaltungen kann ich jetzt an jeden beliebigen Ort schicken.

Jetzt ist um dieses Schiff eine entsprechende Sphäre gelegt, als Ortungsschutz vor den Scannern der Amöben. Auch so eine von den besonderen Errungenschaften.

Mit einer weiteren der Sphären kann ich, BoC, reisen wohin ich möchte und ich kann zu dieser Reise einladen, wen ich gerne dabei haben will. So konnten Gunar und ich hinter den roten Schirm gelangen, der den Planeten umspannt.

Zudem bin ich in der Lage die Einflüsse von allzu heftigen Fremd-Emotionen abzuwehren, indem ich eine Sphäre schützend über jemandem ausbreite.

Auch lässt sich die Para-Sphäre ganz alleine los-schicken. Damit könnten wir sogar Gefangene ma-chen, wenn dies nötig sein sollte.

Ein weiteres Talent, das sich mir offenbart hat, besteht darin die Akasha-Chronik anzapfen zu kön-nen. Dies war vordem noch nicht möglich. Everin, das freie Geistwesen hat mit mir gemeinsam diese Fähig-keit gefunden und sie für mich stabilisiert.
Ich bekomme allerdings aus der Chronik keine umfassenden Informationen. Die gewaltige Daten-flut würde sogar mich überfordern. Daher muss ich gezielt die richtigen Fragen stellen, die mir dann ei-nen Zugang ermöglichen.

Mehr kann ich im Moment noch nicht zu diesen sehr hilfreichen Befähigungen sagen. Es kann sein, dass sich mir noch weitere Möglichkeiten eröffnen. Vielleicht bekomme ich auch wieder Unterstützung durch Everin. Wollen mal sehen!"
BoC beendete seinen Vortrag mit einem leisen Lachen, wie um uns positiv zu stimmen.

Dies gelang tatsächlich, denn Sandura war guter Dinge, als sie verkündete: „Mit BoC an unserer Seite sind wir unschlagbar. Lasst diese Schwabbelviecher ruhig kommen. Dann zeigen wir ihnen wo der Ham-mer hängt."
Ich hatte unsere Herzliche noch nie von diese Sei-te kennengelernt. Doch ich muss sagen, es war rich-tig erfrischend sie derart frohgemut zu erleben. Mir fiel ein Stein vom Herzen. Ich hatte nämlich schon mit Resignation gerechnet.

Erwan setzte noch einen drauf, indem er vor-schlug: „Ich meine wir sollten sie nicht kommen las-sen. Nur die eigene Initiative bringt den Erfolg.

Und nur so können wir selbst bestimmen, wie das Ziel einer Operation auszusehen hat."

Ich stimmte ihm unumwunden zu und erntete bei allen anderen Beifall. Damit war es beschlossene Sache: „Wir zeigen es den Schwabblern!"

Eine Strategie versuchten wir in den nächsten Stunden zu entwickeln. Wir gaben die Ideen unserer jeweils persönlichen Szenarien über BoC in den Biocomputer ein. Dieser errechnete statistische Voraussagen mit mehr oder weniger Wahrscheinlichkeiten für den Erfolg.

Er verlangte schon bald nach weiteren Informationen und Überlegungen, um wesentlich genauere Berechnungen anstellen zu können. So entstand eine lange Forderungsliste für Daten die wir bis dato noch nicht liefern konnten und wofür wir unsere Aktivitäten demnächst einsetzen mussten.

Das Ziel war jedoch klar: Die Amöben mit ihrer Echsenarmee mussten unschädlich gemacht werden.

Sie waren eindeutig eine ernst zu nehmende Gefahr für alle Bewohner unserer Galaxis und darüber hinaus für die Nachbar-Galaxie Andromeda.

Außerdem hatten wir noch in Erinnerung, wie sie den Auszug der Armada von Atalant ins Visier nahmen. Also waren wir verpflichtet zu handeln, allein schon, um unsere Freunde vor Schaden zu bewahren.

Bei dem Gedanken wurde mir übel. Was, wenn die Raketenschiffe bereits erneut auf dem Weg zur Armada waren? Nicht einmal BoC hatte sämtliche Bewegungen der Fremden im Überblick. Ich gab meine Bedenken der Gruppe bekannt.

BoC gab mir sofort recht. Er ließ uns wissen, dass sich die Energieblase etliche Male verändert hatte, seitdem wir uns hier aufhielten.

Ob dabei eine Durchdringung von Schiffen geschah konnte er aber auch nicht mit Sicherheit sagen.

„Vermutlich ist so eine Veränderung ab und zu nötig, um einen Ausgleich im Energiehaushalt der Blase zu ermöglichen. Es könnte eine Art notwendige Atmung geschehen. Schließlich produzieren die vielen Blauen Riesen enorme Mengen Energie, die sich womöglich im Inneren stauen könnte.“

Das klang plausibel, wenn auch nicht so sicher, wie wir es sonst von BoC kannten.

Ich übernahm die Initiative: „O.k. ihr Lieben. Ich schlage vor, dass BoC und ich nochmals losziehen, um all die Informationen zu ergattern, die uns noch fehlen.“

„Gut. Wir schärfen schon mal die Krallen und die Zähne. Dann kann es losgehen, sobald ihr zurück seid.“, meinte Marmuk der Gigant.

„Auch mir brennt es schon jetzt unter den Nägeln. Ich bin scharf darauf diese Eindringlinge noch weiter hinaus, in die Tiefen des Alls zu verfrachten.“, so sagte Dessa die Laserfrau.

„Es ist allerdings bedauerlich, dass wir euch nicht telepathisch begleiten können. Der verdammte, rote Energieschirm macht jegliche Verbindung unmöglich. Wir würden euch gerne unterstützen.“ Vasilio sprach aus was auch Darkon dachte.

Noch kamen die Gedanken der Freunde bei mir an. Ich bereitete mich nämlich bereits auf die Verbindung mit BoC vor.

"T AaaOooo, T AaaOooo, T AaaOooo, ...", ein mulmiges Gefühl beschlich mich.

Doch BoC war guter Dinge. Er bestärkte meinen emotionalen Zustand, damit es mir leichter fiel, mit ihm in Verbindung zu treten.

Als wir uns im Para-Feld zusammenfanden hatten sich meine emotionale und damit auch die seelische Wahrnehmung wesentlich verbessert. Jetzt war ich einfach wieder ich Selbst, in Verbindung mit BoC.

Behutsam löste BoC/ich sich vom verhältnismässig kleinen Sternenschiff. Dieses Verhältnis wurde mir/uns umso bewusster, als wir auf der anderen Seite den riesigen Planeten und die mächtige Flotte mit den Amöben und Echsen wahrnahmen.

Wie sollten wir gegen diese Übermacht jemals etwas ausrichten?

BoC/ich durchdrangen den roten Energieschirm, der den Planeten einschloss. Sofort verschwanden die vertrauten Gedanken meiner Freunde, der beiden Druidorix.

BoC/ich waren nun wiederholt auf uns allein gestellt. Wir suchten nach ergänzenden Daten, zu unserem letzten Aufenthalt.

Auch waren wir überzeugt, dass es in dem gesamten System mindestens einen Schwachpunkt geben musste den wir angreifen konnten. Eine oder gar mehrere verletzliche Stellen versuchten wir zu finden.

Wir umrundeten diesmal den Planeten noch systematischer. Wir zogen unsere Kreise ziemlich eng. Dadurch entging uns so gut wie nichts mehr. Auch die uns entgegenschlagenden, negativ zu nennenden Emotionen durften uns nicht irritieren.

Nach etwa drei atalantischen Tagen hatten wir die gesamte Oberfläche geistig gescannt, alles in unseren Speicher aufgenommen.

Zu unserer Überraschung entdeckten wir eine Region mit aus dem Wasser ragenden Felsformationen. Diese Inseln hatten wir beim letzten Male nicht entdeckt.

Sie waren künstlich angelegt worden und umschlossen im Rund eine Stelle, die von uns als die Quelle allen Übels angesehen wurde.

Selbstverständlich kümmerten wir uns nach dem Abschluss unserer Scantätigkeit genau um diese Inselgruppe.

BoC verstärkte seine Abschirmung noch etwas, um mich schon im Vorfeld zu schützen, als wir uns diesem höllisch aktiven Emotionsschlund näherten.

Was war wohl die Ursache für die fürchterliche Qual, die uns zu überrennen suchte?

Allmählich dämmerte speziell in mir ein schlimmer Verdacht, den ich gerne wieder verdrängt hätte. Selbstverständlich nahm auch BoC diese Annahme in unserem Beisammensein wahr.

BoC/ich stürzten uns „kopfüber“, falls wir einen solchen gehabt hätten, mitten in den Bereich der „Felsen“ hinein. Diese „Felsen“, über die wir dahinschossen, glühten von innen heraus. Dadurch leuchtete die gesamte Oberfläche des umschlossen Areals des Ozeans wie ein gigantischer Lampion.

Als wir uns jedoch unter die Oberfläche begaben, sahen wir um uns herum nur extreme Schwärze.

Kein bisschen Licht drang durch den neuerlichen Schirm, den wir gerade passiert hatten. Auch unsere mentalen Sensoren konnten nicht mehr nach draußen dringen.

BoC/ich begannen nun das wahrzunehmen was um uns gerade noch wahrnehmbar war: Das Material der Felsen war irgendwie elastisch. Dabei konnten wir aber nicht genau bestimmen worauf es basierte.

Wir maßen nur einen hohen Anteil an Silizium, zudem Bor, Stickstoff und Schwefel.

Man hätte fast meinen können, hier würde es sich um Lebensformen handeln. Deren „Haut"-Oberfläche war jedenfalls völlig in den schwarzen Schirm integriert.

Um uns herum brodelte es vor emotional geladenen ...!!! Jetzt konnten wir uns der Wahrheit nicht mehr verschließen!

Es waren Seelen, die hier wie im Hades schmachteten. Dies war die grimmige Unterwelt! Dies war die Hölle! Die Seelen-Einheiten verbrachten ihr Dasein mit schrecklichen Gedanken und fürchterlichen Gefühlen. Ihr Sosein war aussichtslos!

Doch dies allein brachte den heftigen Emotionssturm nicht zustande. Von den Felsen gingen nämlich Impulse aus, die alle gefangenen Seelen-Einheiten anstachelten. Es waren automatisch wiederkehrende Schwingungen mit negativem Gehalt.

Die armen Wesen wurden mit etwas Angstvollem überschüttet. Dies führte bei ihnen entweder zur Übereinstimmung damit oder zu heftigem Protest dagegen. In jedem Falle entstanden Emotionen der negativen Art und Weise.

Durch die Vielzahl an gequälten Seelen-Einheiten entwickelte sich ein emotionaler Hurrikan, der den gesamten Planeten bis unter den roten Schirm ausfüllte.

Sie alle waren nur zu dem einen Zweck eingefangen worden, um sowohl die Amöben als auch die Echsen mit Gefühlen zu versorgen.

Deren eigener Emotionslevel konnte nämlich bei Null angesetzt werden. Diese Wesenheiten hatten so gut wie keine Gefühlswelt. Deshalb war es für sie mehr als nur faszinierend, sich mit den fremden Emotionen aufzuladen.

Dabei konnte davon ausgegangen werden, dass sie nicht einmal wussten in welcher Art von Emotionen sie sich gerade suhlten.

Für diese Urviecher fühlte sich das andauernd Negative anscheinend sogar noch befriedigender an, als eine eher positiv wahrnehmbare Erregung.

Wir/ich fragten uns: Wie lange waren die Seelen schon in diesem Gespinst, zwischen den felsenartigen Energieschleudern eingesponnen? Was war mit ihren Körpern geschehen?

Etliche Antworten ergaben sich ganz von alleine: Zeit spielte für die Seelen sowieso keine Rolle. Somit konnten sie geradezu schon ewig hier gewesen sein.

Ihre Körper waren sicher bereits verfallen. Möglicherweise starben sie auch unmittelbar bei der Entnahme der Seele durch die Seelendiebe.

Dies entsprach dann in etwa der Vorgehensweise, wie die Seelensauger der Puppen von Kabar arbeiteten.

Hier hatten wir genau die Parallelen gefunden, zu unseren Widersachern, dem Sternenbund von Kabar. Glücklicherweise hatten wir Atalanter jedoch die Technologie entwickelt, um Körper längere Zeit zu erhalten. Das war der Grund, weshalb wir einige unserer Freunde vollständig aus der Gefangenschaft der Kabarer retten konnten.

Wir hofften nun, in diesem Moment, wenn wir hier den Technologie-Nachschub unterbrechen konnten, würden die Kabarer entsprechend auf dem Trockenen sitzen.

Die Seelensauger würden dann mit der Zeit ihre Wirkungsweise verlieren und schließlich ganz verschwinden. Ein frommer Wunsch, der leider als sehr langwierig anzusehen war und daher nicht so bald in Erfüllung gehen würde.

Jedenfalls hatten wir, so glaubten wir, durch unser Eindringen in diesen Kochtopf voller Hysterien den entscheidenden Schwachpunkt gefunden.

Unsere Vorstellung war jetzt: Sobald die Erreger wegfallen, verlieren vor allem die Amöben einen Teil ihrer Intelligenz.

Wir meinten sogar, die intensive Verbindung untereinander könnte wegbrechen.

Dadurch wäre die Grundlage für jegliche intellektuelle Leistungsfähigkeit gebrochen.

Die Amöben würden wieder in ihren Urzustand zurückfallen. Was also bedeuten würde, sie wären lediglich wieder vereinzelte, stumpfsinnig primitive Lebensformen.

Wir mussten den Kokon der wilden Emotionen unbedingt zur Auflösung bringen!

Es war unsere Pflicht diese armen Seelen zu befreien und damit die Macht der Amöben zu brechen.

So oder so ähnlich beschlossen BoC/ich unser weiteres Vorgehen. Dafür brauchten wir selbstverständlich ebenso die Potenziale unserer Freunde auf dem Sternenschiff.

Nach gründlicher Inspektion der Struktur des hier entdeckten Kokon lösten wir uns vom Planeten und kehrten an Bord des Schiffes zurück.

Wir wollten so schnell wie möglich einen Plan mit den anderen erstellen.

Als wir auf dem Sternenschiff angekommen waren, BoC und ich wieder getrennt waren, überkamen mich die ersten Zweifel bezüglich der Macht der Amöben.

„Warum wurden wir diesmal nicht wieder von den emotionalen Schwingungen überrannt?

Warst Du selbst besser vorbereitet oder konnte sich Everin einschalten?"

BoC verneinte beides nicht völlig: „Eines ist sicher richtig, ich hatte tatsächlich ein stärkeres Parafeld aufgebaut. Doch beim letzten Male wirkten die Emotionen wie ein Angriff, der uns fast getrennt hätte. Diesmal wurden wir die ganze Zeit über in Ruhe gelassen. Fast so, als sollten wir in Sicherheit gewogen werden. Haben wir die Amöben unterschätzt?"

„Wenn dies so wäre, müssten wir uns noch mehr in Acht nehmen. Aber Du meintest doch, die Amöben wären nur im Kollektiv so stark.", Darkon wirkte konzentriert überlegend. „Wenn ich meiner Hellsichtigkeit hier trauen könnte wüsste ich, was uns erwarten würde. Dennoch meine ich auch so, wir befinden uns in ernster Gefahr. Ich rate, lasst uns einen größeren Abstand zu dem Planeten einnehmen."

„Aber die Schwabbler hätten doch niemals zugelassen, dass BoC mit Gunar ins Herz ihres Geheimnisses eindringen konnten. Außer, dies wäre nicht wirklich das empfindliche Herzstück gewesen.", Marmuk schlussfolgerte messerscharf, wie schon so oft.

Ich hätte nie gedacht, dass BoC verunsichert sein konnte. Diesmal jedoch erlebte ich ihn mit Zweifeln behaftet. „Was geschieht hier? Für mich und den Bio-Computer ist die Sache eindeutig. Haben wir etwas wichtiges übersehen?"

„Kann es sein, dass Du anfängst Gespenster zu sehen?", fragte Dessa.
„Oder haben Dich diese Amöben-Gespenster in ihren Kokon verstrickt, ohne dass Du es selbst gemerkt hast?, setzte Sandura noch eine spitze Bemerkung drauf.
BoC kam tatsächlich ins Grübeln: „Vielleicht habt ihr beide recht und wir wurden wirklich getäuscht."

Ich schaltete mich nicht ein, machte mir aber so meine Gedanken.

Ich hatte doch die gleiche Wahrnehmung wie BoC. Schließlich waren wir wie ein Wesen. Oder war gerade dieses unser gemeinsamer Irrtum?

Hatten vielleicht unsere mentalen Scanner ein Manko mit der Wirklichkeit? Wurden wir von den Amöben in deren nur vorgespiegeltes Traumland geschickt? Wenn dem so war, wurde es mir Angst und Bange. Dann konnten wir sogar unseren geistigen Fähigkeiten nicht mehr vertrauen.

„Raus aus dem Einflussbereich! Wir müssen uns hinter die nächsten Sterne begeben!" BoC verkündete dies urplötzlich und zugleich setzte sich unser Sternenschiff in Bewegung.

Erst nutzte BoC den Antigravitations-Antrieb. Er wollte beobachten was dies bewirkte.

Im nächsten Moment dehnte sich der rote Energieschirm mehrmals ruckartig aus. Mit dem nachfolgenden Ruck hätte er die Position des Schiffes umspannt. Das Schiff und seine Besatzung wären urplötzlich in den Einfluss der Emotionshölle geraten.

Wie sich dies ausgewirkt hätte konnten wir nach den vergangenen Erlebnissen mehr als hundertprozentig voraussagen.

Sofort sprang BoC mit dem Para-Antrieb hinter einen der nächsten Blauen Riesen.

Schlagartig waren wir alle in einem völlig anderen Wahrnehmungsmodus. Es war, als wären dunkle Schatten aus unserer Umgebung verschwunden. Sogar BoC bestätigte diese Feststellungen.

Im gesamten Schiff herrschte eine ungewöhnliche oder jetzt eher gewöhnliche Klarheit.

Wir wussten nun, ohne den andauernden Schutz durch die Para-Sphäre wären wir längst der Einflussnahme durch die Amöben erlegen.

Immerhin wurde deutlich: Dieses Kollektiv wusste sehr genau, dass wir da waren. Womöglich ahnten oder wussten sie auch was wir vorhatten.

Jetzt waren wir alle nicht nur körperlich munterer, sondern ebenso geistig agiler. Also waren wir trotz der Para-Sphäre nicht frei gewesen. Wir waren vordem nicht wir selbst.

„BoC hast Du ebenfalls den Eindruck, dass diese Wesen in den Para-Bereich eindringen können?"

„Ich bin mir nicht sicher. Doch es kann gar nicht anders sein. Diese Wesen manipulierten uns offensichtlich sogar im Para-Kontinuum. Ich bin von deren Fähigkeiten zutiefst beeindruckt. Jetzt muss ich diesen, meinen Para-Bereich neu modifizieren.

Ich muss deren Schwingungsmuster strikt ausgrenzen. Sollte nämlich tatsächlich eine Verbindung möglich gewesen sein, dann hätten sie uns auch hier schon aufgespürt."

Nach einer kurzen Pause kam von ihm die folgende schlechte Nachricht: „Die Monster konnten uns wahrhaftig verfolgen. Im Para-Kontinuum habe ich soeben, zusammen mit Everin, deren Spur entdeckt.

Wir können von Glück sagen, dass ihre Befähigungen auf der Stufe des Herumschnüffelns stehen geblieben sind. Wobei dies für uns schon unangenehm genug enden könnte.

Was sie allerdings noch beherrschen, und das ist noch weniger lustig, die Amöben sind in der Lage unsere Denkstrukturen zu manipulieren.

Sie können uns Bilder und Daten einpflanzen, die in keiner Weise der Realität entsprechen.

Dies gelingt ihnen über den roten Energieschirm hinaus. Hier sind wir glücklicherweise wesentlich zu weit entfernt. Auf diese Art und Weise steuern sie übrigens ihre Echsen."

„Was heißt, die Echsen sind sich ihrer Handlungen nur am Rande bewusst? Sie unterliegen der permanenten Eintrichterung durch ihre Herrenrasse?" Vasilio war erschüttert von soviel Unterdrückung beziehungsweise von so wenig eigenständigem Lebensbewusstsein bei Wesenheiten.

BoC bestätigte: „Ja! Die Echsen sind in keinster Weise für ihr Tun verantwortlich zu machen. Sie sind sogar Handlanger wider Willen, um genau zu sein. Ursprünglich, so konnte ich aus der Akasha erfahren, waren sie weitgehend friedfertig."

„Vermutlich hast Du die Akasha der Echsen gezielt unter die Lupe genommen.", mutmaßte ich.
„Sehr richtig Gunar, ich merke, unsere geistige Verbundenheit hat bei Dir Außergewöhnliches bewirkt. Du kannst Dich in meine Denkvorgänge einklinken, auch ohne Deine telepathischen Fähigkeiten zu nutzen. Mir geht es übrigens ähnlich.
Das eröffnet mir Zugänge zu menschlichen Gefühlswelten, die ich bisher nicht kannte."

„Gut! Dann will ich jetzt an Deiner Stelle versuchen zu erklären, was Du herausfinden konntest:
Vor sehr langer Zeit sind die Amöben-Wesen von den Puppen ihrer Heimatgalaxis miteinander verknüpft worden. Das haarsträubende Experiment bestand darin, eine primitive Rasse so zu gestalten, dass sie wie ein einziges Wesen agieren wollte.
Die Puppen haben die geringfügig vorhandene, geistige Komponente moduliert.

Es gelang, dass mehr und mehr der Amöben eine Einheit bildeten. Damit wuchs deren Intelligenz-Faktor immer mehr an, während sich im Großen und Ganzen weder das Aussehen noch die Bedürfnisse veränderten.

Die Amöben wurden jedenfalls zur beherrschenden Lebensform auf ihrem Planeten. Dies war am Anfang noch nicht der uns bekannte Planetenriese.

Jedoch schon bald, nach wenigen tausend Jahren, wurden sie von verschiedenen Planeten zusammengefasst und umgesiedelt, zumal natürliche Fressfeinde die Amöben zu sehr dezimierten.

Der riesige Wasser-Planet, den wir hier kennengelernt haben, wurde von den Puppen gereinigt und diente fortan als Brutstätte der neuen Spezies.

Das Experiment war insoweit gelungen. Diese heranwachsende, gigantische Intelligenz wurde von den Puppen gehegt und gepflegt.

Was jetzt fehlte waren willige Sklaven, die für die Schwabbelbrüder Hände und Füsse mitbringen mussten. Die Puppen, nicht die Amöben selbst, suchten nach irgendwie verwandten Lebensformen.

Verschiedene Echsenrassen kamen ihnen brauchbar vor. Sie waren alle stupide und einfallslos genug, um sich von der nunmehr überragenden Intelligenz der Amöben nutzen zu lassen. Etliche Echsenarten wurden in dem Prozess der Anpassung verschlissen.

Was übrig blieb wurde von den Puppen technisch ausgestattet. Die Amöben lernten schnell.

Die Entwicklung der Raumfahrt war eines der großen Ziele der Puppen. Immerhin konnten sie dafür genügend, bereits vorhandenes Material bieten.

Doch die Amöben wollten sich auf dieses Abenteuer nicht einlassen.

Wie also sollten sie, trotz des starken Widerstandes, dazu angereizt werden? Was fehlte den Wesen? Was würde ihnen Erfüllung bieten?

Die Problemstellung war: Die Wasserwesen hatten keine Gefühle. Die Lösung war: Man musste ihnen das Fühlen schmackhaft machen.

Dafür waren die Echsen allerdings denkbar ungeeignet, denn denen erging es wie ihren Herren. Aber diese hatten immerhin erfahren, wie sich ihre Opfer beim Gefressenwerden verhielten.

An diese Erfahrungen knüpften die hinterlistigen Puppen an. Sie besorgten Lebewesen der verschiedensten Arten und warfen sie den angestachelten Echsen zum Fraß vor. Durch ihre telepathische Wahrnehmung nahmen die Amöben am grausigen Mahl der Echsen teil.

Sie gewannen tatsächlich mehr und mehr eine Art Genugtuung, wenn sie miterlebten, wie die Opferwesen starben. Ihr nicht vorhandenes Gefühlsniveau füllte sich mit fremden Emotionen – bis hin zu einer Art Suchtempfindung.

Weil aber die Echsen nicht über Gebühr gefüttert werden konnten, verebbte der Zustrom an Emotionen mit der Zeit.

Die Sucht jedoch blieb. Nun verlangten die Amöben von den Puppen nach ihrer Befriedigung.

Das Imperium der Puppen triumphierte nun. Die Amöben sollten ihren Planeten verlassen, um weitere Opfer für ihre Echsen zu finden.

Die Puppen waren jetzt die Erschaffer einer symbiotisch lebenden, neuen Art, aus Amöben und Echsen. Ihre Egomanie stachelte die Puppenwesen an. Sie fühlten sich mittlerweile Gottgleich.

Mit Eifer statteten sie die Amöben für die Eroberung des Weltraumes aus. Die Raumschiffe wurden speziell für den symbiotisch geführten Raumflug hergerichtet. Die Flugkörper wirkten dadurch zwar, aus unserer Sicht, etwas antiquiert, waren aber sehr zweckvoll gestaltet. Sie hatten von vorne herein die immer gleiche Form.

Die Technologie der Seelendiebe wurde von den Amöben selbst perfektioniert. Damit durchstreiften die Echsen und ihre Herrenrasse von nun an die Galaxis der Puppen.

Sie wurden schon bald zur regelrechten Plage für alle Lebewesen, ob primitiv oder intelligent.

Jetzt war ein guter Rat außerordentlich teuer. Er musste vor allem schnell greifen. Die Puppen spürten die Übergriffe sogar am eigenen, kollektiv geführten Leib.

Die Amöben entwickelten sich und ihre Technik selbstständig weiter. Die Seelensauger wurden effektiver und die Raumschiffe schneller und mit besser Bewaffnung ausgestattet.

Die Schöpfung stand ihren Schöpfern in nichts mehr nach. Ein Trick musste gefunden werden, um diese Bedrohung loszuwerden.

Die Puppen und jetzt auch ihre galaktischen Verbündeten errichteten die Energieblase mit den 22 Blauen Riesen darin. Dieses Konstrukt sollte wie eine Mausefalle für die Amöben wirken.

Doch was war der dazugehörige Köder? Selbstverständlich jede Menge Seelen. Diese armen Wesen mussten andauernd und ungeheuer heftig ihre Emotionen preisgeben.

So wurden ganze Bevölkerungen von Planeten mit beseelten Lebensformen in ein Energiefeld gesperrt und in die Mitte der Blase verfrachtet.

Die Seelen-Einheiten wurden mittels elektrischer Stromstöße brutal gefoltert. Sie schrien mental gequält in den Raum und über die Energieblase hinaus.

Tatsächlich lockte dieses geistige Fanal an Emotionen die gesamte gigantische Flotte der Amöben an. Sie begaben sich alle in die Energieblase und suhlten sich am Leid der Unmengen an Seelen.

Darauf hatten die Puppen und ihre Verbündeten nur gewartet.

Sie hatten es sich gut überlegt und von langer Hand vorbereitet. Mit ihren technischen Möglichkeiten beförderten sie den riesigen Wasser-Planeten der Amöben mit in die Blase.

Sie modifizieren die Energie der Blase so, dass die Amöben mit all ihren Echsen gefangen waren.

Im nächsten Moment versetzten sie dem gesamten Konstrukt einen mächtigen Schub. Mit Hypergeschwindigkeit verließ das gewaltige Energiefeld, mit allem was sich darin befand, die Galaxis der Puppen.

Erst als es sich bereits weit draußen im Leerraum befand kamen die Amöben zur Besinnung. Der Emotionssturm hielt sie noch immer fest im Griff.

Allerdings übernahmen sie gerade in diesem taumeligen Zustand die jetzige, technisch ausgereifte Version der Energieblase für ihre Zwecke.

Sie lernten die Emotionen zu beherrschen. Der Hurrikan der Gefühle konnte von ihnen sogar gezielt als Waffe eingesetzt werden. In einem gesonderten Energiefeld sperrten sie dafür die Seelen ein. Deren Panik wurde damit noch mehr erhöht. So konnte man sie noch stärker und effektiver quälen.

Die Amöben lernten die Blase abzubremsen und sogar zu steuern. Ebenso konnten sie mit ihren Raketen und der Echsenbesatzung das Umfeld mit der Zeit verlassen. Die gigantische Energieblase wurde von nun an als schützend empfunden.

Als die Amöben am Rande der Milchstraße ankamen, konnten sie schon bald Kontakt mit der hiesigen Puppen-Elite aufnehmen.

Sie verkauften den Seelensauger gegen enorm viele neue Seelen-Einheiten aus unserer Galaxis. Frisches geistiges Potenzial von etwas intelligenteren Wesenheiten versprach neue Empfindungen und heftigere Ausbrüche.

Die Echsen wurden übrigens nur sporadisch mit dem Gefühlschaos in Verbindung gebracht.

Durch diese Manipulation förderten die Amöben deren Sucht. Außerdem hätte ihre wesentlich schwächere Widerstandskraft so manche dieser Echsen einfach überfordert oder sogar umgebracht.

Unsere anfängliche Annahme, die Echsen würden den Rausch der Emotionen brauchen, war falsch. Im Gegenteil, die unbändige Erregung lähmte die Echsen eher und machte sie so noch gefügiger.

Unser eigentlicher Feind sind die Amöben oder besser: ist das Kollektiv der unheimlich vielen Amöben."

BoC übernahm von nun an die Ausführungen: „Die mit einer Art Intelligenz ausgestattete Masse von Amöben verfügt über verschiedene Fähigkeiten, mit denen sie uns alle täuschen konnte.

Deshalb ist jetzt keines der bisherigen Erkenntnisse frei von ihren Einflüssen.

Dies hat schon angefangen, bevor wir in die Energieblase eindrangen. Wir kamen keineswegs unbemerkt hier an. Die Schiffe, die wir verfolgten, hatten uns sehr wohl auf ihrem Schirm.

Wir sollten in den Einflussbereich ihres Amöben-Gottes gelangen.

Man wollte uns auf diese Art studieren, um dann mit vielfachem Wissen und mit noch mehr Macht ausgestattet erst einmal die Außenbezirke der nahen Galaxis, unserer Milchstraße, zu übernehmen.

Die Informationen, die ich euch jetzt weitergebe, bekam ich beim letzten möglichen Kontakt von unserem Freund, dem freien Geist Everin.

Wie ihr wisst hat er uns begleitet und behütet seitdem die Druidorix von Atalant, seit sie ihn um Hilfe gebeten hatten. Everin hielt sich jedoch zumeist im Hintergrund. Doch aufgrund der akuten Gefahr hält er von nun an den Kontakt aufrecht, sofern es ihm gelingt durch die Energieblase zu gelangen.

Telepathisch übermittelte er mir seine Wahrnehmungen der letzten Zeit.

So bin ich nun besser gerüstet. Ich kann euch jetzt darlegen was Wahrheit und was Illusion war oder noch immer ist.

Das Amöben-Kollektiv verfügt über paranormale Fähigkeiten, die anders geartet sind, als die von mir entdeckten.

Es hat unter anderem die Möglichkeit uns Verschiedenes vorzuspiegeln oder vorzuspielen.

Dazu gehören sogar die Verzerrung der Zeit und die Darstellung von Größenordnungen mit entsprechenden, bildhaften Eindrücken. Sie beherrschen außerdem die Erzeugung und die Manipulation von Einflüssen über Emotionen.

Dies sind die wesentlichen Befähigungen, auf die wir tatsächlich auch schon hereingefallen sind.

So befinden wir uns nur wenige Tage im Inneren der Energieblase, obwohl uns dies bisher wie Wochen vorkam. Sogar die Anzeigen des Sternenschiffes wurden davon ausgetrickst.

Das heißt, wir können uns nicht einmal auf die Leistungsfähigkeit des Bio-Computers verlassen.

Die Größenordnungen wurden uns ebenfalls völlig falsch wiedergegeben. Die Energieblase ist um ein vielfaches größer, als der Computer berechnet hat.

Damit sind auch die Blauen Riesen in einem weniger gedrängten Raum, als wir bisher annahmen. So ist auch erklärbar warum sich die Riesensterne nicht gegenseitig in den Kollaps treiben.

Ihr könnt euch vorstellen, wie entsetzt ich war, als mir dies offenbar wurde. Unsere Scanner sind unbrauchbar, wenn wir keinen Ausweg, keine andere Wahrnehmung finden.

Dass die Emotionen uns gegenüber manipuliert wurden, haben wir ja bereits selbst entdeckt. Der erste Besuch beim gigantischen Planeten, der übrigens wirklich so groß ist, verlief ganz anders als der zweite.

Die Amöben können, aus eigenem mentalen Vermögen, ohne technische Hilfsmittel, den Emotionssturm lenken, ihn abschwächen oder ihn ungezügelt loslassen, ganz wie es ihnen beliebt. So steuern sie auch ihre bedauernswerten Sklaven, die Echsen, mit unterschiedlichen Erregungszuständen und ganz verschiedenen Gefühlseinflüssen. In deren Reptilienhaut möchte sicher keiner von euch stecken.

Mir blieb zum Glück das Emotionschaos erspart. Ich setze mit meinem Para-Schirm diesem mentalen Emotions-Hurrikan einen Stopp. So schützte ich auch euch davor. Unser erster Besuch hat am Ende gezeigt, dass auch ich auf der Hut sein muss, um nicht ebenfalls überrannt zu werden.

Unseren gesamten zweiten Besuch können wir abhaken. Der Scan des Planeten hat zwar brauchbare Daten gebracht, doch das Feld mit den Felsformationen, mitsamt dem Energiefeld in der Mitte, war pure Illusion. Also kann ich meinen eigenen Wahrnehmungen nun auch nicht mehr trauen.

Zum Glück wirkt diese außerordentliche Fähigkeit zur Illusionierung nur innerhalb des roten Schirmes um den Planeten, wie mir Everin versicherte.

Zur Zeit werden wir von dem Kollektiv per Para-Scan beobachtet. Jedoch kann ich dieser Neugierde entgegenwirken. Mir gelingt es ziemlich leicht, deren Wahrnehmungen ein Schnippchen zu schlagen, indem ich so tue, als hätten wir ein Problem mit unserem Antrieb.

Deshalb wechsle ich jetzt nicht den Standort, um die Amöben in Sicherheit zu wiegen.

Wir können sicher sein, dass Everin alles unternehmen wird, uns auch weiterhin zu begleiten.

Er hat mich übrigens auch über die atalantische Armada informiert. Dort müssen sich unsere Leute soeben gegen einige Piraten behaupten. Es besteht jedoch keine akute Gefahr.

Die Amöben-Schiffe sind zum Glück in deren Umgebung nicht aktiv."

BoC beendete seine Darstellungen mit dem Hinweis: „Was auch immer geschieht, wir und ich im Besonderen dürfen uns nicht allein auf die Sinne des Schiffes und auch nicht allein auf unsere eigenen Wahrnehmungen verlassen.

Hinterfragt ständig die Plausibilität sowie die Logik von Erscheinungen und Entdeckungen."

Dessa stellte beunruhigt die berechtigte Frage: „Befinden wir uns auch im Moment unter dem verwirrenden Einfluss von Zeitverzerrung und falscher Größenordnungen?"

BoCs Antwort war: „Ja! Aber mit Everins Hilfe habe ich für die Zeit ein Normalfeld erschaffen, womit zumindest das Schiff und ich Klarheit über den Zeitverlauf gewinnen können.

Bezüglich der Größenordnungen verhält es sich ähnlich. Da sind wir aber noch dabei, weil dem Bio-Computer und mir noch einige entscheidende Vergleichsdaten fehlen.

Den wahren Ursprungsort der Emotionsenergien kennen wir übrigens jetzt trotzdem.

Er befindet sich genau im Zentrum der alles umschließenden Energieblase, dort wo die Puppen ihn von Anbeginn platziert hatten.

Dass für uns ein Zentrum des Gefühlssturmes auf dem riesigen Planeten wahrnehmbar wurde, war ein gezieltes Machwerk der Amöben.

Anscheinend oder offenbar haben sie eine Heidenangst davor, dass wir den echten, ursprünglichen Seelenkäfig entdecken könnten.

Jedenfalls ahne ich jetzt, worin die Kraftquelle für das Kollektiv besteht. Ich will aber noch genauere Informationen darüber sammeln."

„Kann Dich Everin nicht auch weiterhin unterstützen?", fragte Dessa zögerlich.

„Leider nicht! Sein Erscheinen gelingt immer nur dann, wenn sich die Energieblase besonders heftig entlädt. Dies geschieht in einem ungleichmäßig pulsierenden Rhythmus.

Außerdem meint Everin, sollten wir uns weitgehend selbst helfen. Dies diene unser aller Entwicklung, für den Verlauf einiger nicht weniger wichtiger Aufgaben in der Zukunft."

„Das ist ganz schön gemein!", grummelte Dessa. Wir alle merkten ihre Enttäuschung.

So entgegnete ich: „Lass Dich bitte nicht davon beeindrucken. Ich bin überzeugt, Everin folgt einem Plan, den wir aus unserer Beschränktheit heraus nur noch nicht wahrnehmen können.

Das ‚Große Spiel' hat viele Facetten. Wir sind nur ein paar kleine Rädchen in seinem Ablauf."

„Ja! Ich kenne diese Worte seit meiner Kindheit. Nur weiß ich auch, wir sind die Macher, die Gestalter im Spiel der tausend Möglichkeiten. Deshalb hätte ich gerne vorab gewusst, woran ich beim nächsten Zug bin und wer ihn ausführt." Dessa lächelte verschmitzt, bei dieser ihrer Art der Betrachtung.

„Wer den nächsten Zug ausführen wird, steht schon fest!", BoC übermittelte dies im Brustton der Überzeugung. „Übrigens kann ich euch eine sehr gute Nachricht geben: Wir haben Verbündete im Inneren der Energieblase." Die Kunstpause wirkte.

„Mach' es doch nicht so spannend.", beklagte sich Sandura die Herzliche. „Ha, ha, ha!" Marmuk lachte dröhnend: „Mich kann fast nichts mehr überraschen. Hoffentlich sind es aber keine Echsen!"

„Nein, Marmuk, ich kann Dich beruhigen. Wenn ich jetzt einer von euch wäre, würde ich einen Preis für die richtige Antwort aussetzen. Doch so sage ich es direkt: Es sind die Blauen Riesen oder besser, es sind die Seelen-Einheiten der Sterne."

„Donnerwetter, wie kommt dies denn so plötzlich zustande?" Vasilio der Druidorix war in Wahrheit weniger überrascht, als er sich jetzt gab.

Schließlich hatten wir Druiden und vor allem die Druidorix schon öfter einen eher ahnungsvollen Kontakt zum Geist von Sternen gehabt. Die Wesenheiten, die als Sterne existierten, hatten alle ihre Eigenheiten. Sie waren genauso individuell wie die Wesen, die in verletzlichen Fleischkörpern oder dergleichen herumgeisterten.

Die Lebendigkeit der Seelen-Einheit eines Sternes hatte sich nur um ein Vielfaches verlangsamt. Damit passte sie sich dem Lebenszyklus der sie umgebenden Materie an.

Bei entsprechender Notwendigkeit konnte die Seelen-Einheit dennoch beschleunigen. Dadurch wurde auch die Kommunikation relativ schnell und mit uns kurzlebigen Lebensformen möglich.

BoC ließ uns teilhaben am Zwiegespräch mit unseren neuen Freunden.

Er übersetzte deren Aussagen in für uns verständliche Worte. Auch wir Druidorix hatten noch niemals zuvor das Vergnügen uns mit den Seelen-Einheiten von Sternen so klar und deutlich zu unterhalten.

Die Blauen Riesen „sprachen" mit einer Stimme. Immerhin bildeten sie im Inneren der Energieblase eine seit langem untrennbare Einheit.

„Werte Freunde." BoC bediente sich einer Anrede die uns sonst ungewohnt war. „Ich/wir haben euren Ruf vernommen. Wie können wir uns verständlich machen?"

Sehr, sehr, extrem langsam, mit getragener Ruhe kam die quasi-telepathische Antwort der verbundenen Sternenseelen: „Ich habe auf euch gewartet. Mein derzeitiger Zustand ist außerhalb jeder normal zu nennenden Realität. Deshalb will ich mich an eurem Befreiungsschlag beteiligen.

Mir gelang bisher kein entsprechendes Vorhaben, obwohl mein Bemühen seit Anbeginn bestand.

Ich wurde gegen meinen Willen in diesen engen Raum gepresst. Seitdem versorge ich, mit 22 Einheiten, die Amöben mit Energie. Dadurch können sie auf ihrem Planeten und darum herum eine Einheit bilden. Ich bin der Garant für ihr Bestehen!"

„Jetzt haben wir die Schwachstelle der Amöben!" Marmuk wurde geradezu euphorisch.

Doch BoC holte ihn sogleich wieder herunter, auf den Boden der derzeit erreichbaren Realitäten: „Und was wollen wir damit anfangen?"

Vasilio gelang der Schwung, hin zu den Lösungswegen: „Wir haben uns doch schon einmal überlegt, dass uns noch Daten fehlen. Diesen Gedanken sollten wir jetzt wieder aufgreifen.

Die entscheidende Frage ist also: Wie können wir uns mit mehr Informationen versorgen?

Zunächst brauchen wir den genauen Standort der gefangenen Seelen. Wo ist dieses ominöse Zentrum? Ist es wirklich in der Mitte der Energieblase? Gibt es Zugangswege oder dergleichen? Ist der Ort gesichert? Wir müssen herausfinden wie der Aufenthaltsort der Gefangenen beschaffen ist.

Wie können uns die Blauen Riesen mit den nötigen Informationen versorgen? Wie können wir unsere Fähigkeiten einsetzen, um die Nuss zu knacken? Wir brauchen eine Strategie. "

In den folgenden Stunden tauschten wir uns aus. Jeder brachte eigene Ideen ein und glich sie mit denen der anderen ab. Auf diese Art und Weise redeten wir uns gegenseitig heiß, hinein in immer verrücktere Vorstellungen unseres Vorgehens.

Schließlich war es Darkon, der dem Ganzen ein Ende bereitete: „Gut Freunde. Jetzt haben wir uns genug ausgetobt. Ich schlage vor, BoC und sein Computer werten unsere Gedankenstürme aus, während wir uns erst einmal ein paar Stunden ausschlafen. Ich bin der Ansicht, nach einer Ruhephase sind sowohl wir als auch BoC um einiges weiter. Vielleicht können sogar erquickliche Träume neue Pfade aufzeigen."

Wir stimmten unserem ältesten Druidorix fast alle zu. Nur Sandura war anscheinend noch zu aufgewühlt. Deshalb bot ich ihr an, ihr mit einer abschließenden Meditation wieder Ruhe zu verschaffen.

Am anderen Tag, selbstverständlich nur fiktiv gesehen, war das ganze Team wieder fit. Wir hatten gut geruht und ein ausgezeichnetes „Frühstück" genossen. So ließen wir uns von BoC über dessen Erkenntnisse aufklären.

„Freunde, eure Vielzahl an Vorschlägen, zu unserem weiteren Vorgehen, hat tatsächlich eine Strategie zu Tage gefördert. Der erste Teil des Ergebnisses sieht folgendermaßen aus:

Erstens, um die Amöben nicht in Unruhe zu versetzten, bleibt das Sternenschiff an seiner jetzigen Position. Hier ist unsere Basis. Von hier aus setze ich meine Para-Fähigkeiten ein.

Zweitens, die Blauen Riesen übermitteln mir die genaue Position des Gefängnisses. Mit einer Exkursion dorthin klären wir die Verhältnisse rundum. Dazu bringe ich mit einer Para-Sphäre einen oder mehrere Druidorix vor Ort.

Drittens, sobald wir wissen wie die Situation sich bei den gefangenen Seelen-Einheiten gestaltet, entscheiden wir welche weiteren Schritte unternommen werden müssen. Ich bin überzeugt, jeder einzelne von uns allen wird zum Einsatz kommen.“

Entsprechend seiner Art, brannte Marmuk der Gigant vor Tatendrang. Auch die Laserfrau Dessa wäre am liebsten gleich losgestürmt.

Lediglich Sandura die Herzliche und Erwan der Emphat konnten sich noch nicht so recht vorstellen, welche Aufgaben ihnen zufielen.

BoC und wir, die Druidorix, setzten uns mit den Blauen Riesen in Verbindung.

Der Kontakt gelang ziemlich schnell. Unsere Verbündeten sprachen wieder mit nur einer Stimme.

Die Fragestellung nach der Position des Gefangenenlagers mussten wir mehrmals umschreiben.

Schließlich gelang es uns dennoch, den Vorstellungen der Sternenriesen gerecht zu werden.

Die Antwort kam wieder langsam aber deutlich. Die Worte lauteten: „Danke für eure Geduld. Jetzt weiß ich was ihr wollt.

Von einem Gefangenenlager wussten wir bisher nichts. Aber wir können seit Anbeginn einen Pulk von vielen Geistern wahrnehmen. Uns war jedoch nicht ganz klar, worum es sich dabei handeln könnte. Mit diesen Wesen können wir keine Kommunikation aufbauen. Doch die Position dieser vielen Wesenheiten kann ich euch übermitteln."

BoC bekam ein Bild der gesamten Sphäre zu sehen. Dabei durfte er auch entdecken und letztlich errechnen wo sich das Gefängnis der Seelen befand.

Es wurde als eigenständig erkennbarer Fremdkörper in der Verbundenheit aller 22 Sterne dargestellt. Auch der riesige Wasserplanet befand sich in dem dreidimensionalen Bildnis.

Wir bedankten uns bei den blauen Riesensternen. BoC hielt die Verbindung aufrecht. Er versuchte herauszufinden, wie uns die Blauen noch anderweitig unterstützen könnten.

Vasilio, Darkon und ich beschlossen, uns gemeinsam zum Standort der Gefangenen senden zu lassen. Diesen Entschluss nahm BoC gerne auf. Er gestaltete seine schützende Para-Sphäre entsprechend.

Wir drei Druidorix platzierten uns in einem kleinen Kreis und begannen unsere Meditation zum gemeinsamen Reisen.

"T AaaOooo, T AaaOooo, T AaaOooo, …", der Strudel nahm uns auf. Er einte uns mehr und mehr. Plötzlich befanden wir/ich uns in der Sphäre von BoC. Diesmal jedoch ohne unseren Freund.

Im nächsten Moment konnten wir/ich vor uns ein energetisches Gespinst wahrnehmen.

Wie aus eigenem Antrieb bewegten wir/ich die Sphäre näher an den Ball aus Energie heran. War es BoC oder waren es wir/ich, die alles kontrollierten?

Jedenfalls gelang der Sprung, durch die energetische Abschirmung hindurch, ohne Schwierigkeiten.

Wir/ich hatten jetzt das Gefühl von Enge und Bedrohung. Was würden wir/ich wohl empfinden, wäre der Schutz der Sphäre nicht um uns?

BoC nahm Kontakt mit uns auf, als hätte er unsere Gedanken gelesen: „Ich nehme jetzt ein wenig die Schutzfunktion zurück. Bitte stellt euch auf darauf ein, sobald euch die Gefühle der Seelen-Einheiten bestürmen.“

Obwohl wir/ich durch meine Erfahrungen mit all dem Emotionschaos vorgewarnt waren, überraschte uns die Heftigkeit des Sturmes.

Trotz des abgemilderten Eindrucks empfanden wir/ich eine ungeheure Gefühlswallung.

Von furchtbare Todesangst über tieftonige Melancholie über nervtötend bohrende Schmerzen bis zu Zorn und Wut fiel alles über uns her.

Wir/ich spürten uns hinein. So entdeckten wir/ich noch einzelne Seelen, denen ihr Zustand irgendwie bewusst war. Allerdings war ein Kontakt mit ihnen so gut wie nicht möglich. Ihre Individualität wurde von dem allgemeinen Sog der vielen anderen herabgezogen und so gut wie ausgelöscht.

Damit war eindeutig klar, dass wir von den Wesenheiten dieses Gemenges keine Unterstützung erwarten konnten.

BoC schloss unsere Sphäre wieder, nachdem wir/ich ihm diese Erkenntnis übermittelt hatten. Die plötzliche Ruhe kam uns irgendwie unwirklich vor.

Im Anschluss an diese unangenehme Erfahrung machten wir/ich uns auf die Suche nach den möglichen Stationen, die das Energie-Gespinst erzeugten und seit langen Zeiten aufrecht erhielten.

Tatsächlich wurden wir fündig. In einem geringen Abstand schwirrten ungeheuer schnell, hunderttausende kugelförmige Gerätschaften um das Energie-Gefängnis. Es waren vollautomatische Maschinen ohne Besatzung. Den Robotern konnten die Gefühle jeglicher Art nichts anhaben. Sie waren langlebige und unempfindliche Befehlsempfänger.

Ihre Aufgabe bestand sowohl in der Aufrechterhaltung des Gefängnisses als auch darin, die Gefangenen mit elektrischen Impulsen zu quälen. Die Seelen-Einheiten sollten dadurch dauerhaft zum Ausstoß von niederen Emotionen gereizt werden.

Als wir/ich uns etwas weiter draußen umsahen, entdeckten wir/ich auch noch die Werkstätten in denen die rasenden Roboter instand gehalten wurden.

Eine Weltraumstation, von den Ausmaßen eines kleinen Mondes, war dafür zuständig, dass das Konstrukt des Gefängnisses die Zeiten überdauerte.

Zu unserer Überraschung arbeitete diese Station ebenfalls völlig ohne fleischliche Lebensformen. Wir/ich konnten weder eine Echsenart noch die Amöben wahrnehmen.

Unsere Aktion schien mit dem Auffinden der Station abgeschlossen. Wir/ich bewegten uns noch einmal durch das System. Doch auf einmal waren wir/ich auf dem Sternenschiff und vereinzelten uns wieder.

„Donnerwetter BoC, das war eine phänomenale Erkundung. Ich hoffe Du hast die Informationen, die wir finden konnten, ebenfalls mitbekommen."

„Selbstverständlich habe ich euch per Telepathie begleitet. Allerdings konnte ich nicht direkt dasselbe wie ihr wahrnehmen. Deshalb müssen wir uns jetzt noch einmal austauschen, um mit allen auf den gleichen Stand zu kommen."

Gesagt, getan. Die nächste Zeit beschäftigten wir uns damit unsere Freunde zu informieren.

Marmuk preschte wieder einmal vor, er forderte: „Seht mal, wir brauchen nur die flitzenden Roboter ausschalten und schon bricht das ganze System zusammen. Machen wir uns ans Werk!"
Erneut musste BoC ihn bremsen: „Du hast sicher recht. Aber was geschieht dann mit den Gefangenen? Wohin entwischen sie? Oder können sie überhaupt den Ort verlassen? Wir brauchen noch ein paar weitere Daten. Wir müssen uns einige Gedanken mehr machen, um durch Schnellschüsse keine noch schwierigere Situation zu schaffen."

Zum Glück war Marmuk ebenso schnell wieder verständig wie er sich auf eine Sache stürzen konnte. Er bestätigte die Bedenken von BoC und meinte dann: „Vielleicht sollten wir uns erst den Werkstatt-Mond vorknöpfen. Dann bekommen diese Flitzlinge keinen Nachschub mehr. Mit denen werden wir dann auch anders fertig. Nicht wahr Dessa!?"
Die gefährlichen Augen von Dessa der Laserfrau blitzten hinter ihrer Schutzbrille.
Marmuk und Dessa waren schon einmal ideale Partner, beim Einsatz gegen die dunklen Mächte der Puppen-Elite von Kabar.

Das zweite partnerschaftliche Paar kristallisierte sich heraus, als die blauen Riesensterne sich bei BoC meldeten. Sie hatten eine aus ihrer Sicht erstaunliche Entdeckung gemacht.
„BoC, ich nehme in eurer Mitte eine Wesenheit wahr, die mir ganz besonders wohlwollend erscheint. Trotz der misslichen Situation trägt sie intensiv warme, positive Gedanken.", die Blauen Riesen nahmen ohne Vorankündigung den Kontakt auf.

Das war sehr ungewöhnlich und zeigte, wie ungeheuer wichtig der Sternenkonstellation das erfolgversprechende Vorgehen der Mannschaft des Sternenschiffes war.

Obwohl die Sterne sich üblicherweise in ganz anderen Zeiteinheiten entwickelten, hatten sie es diesmal extrem eilig. Sie ahnten offenbar, dass ihre Entwicklung sich einem Endpunkt nähern konnte, sollten die Menschen und ihre geistigen Begleiter, BoC und Everin, Erfolg mit ihrem Einsatz haben.

Die Blauen Riesen „sprachen" weiter. So boten sie ihre direkte Unterstützung an: „Diese Wesenheit ist, in ihrer Art zu denken, der unmittelbare Gegenpol zu dem von euch beschriebenen, emotionalen Sumpf, der die Amöben anspornt. Ich kann diesem Wesen zusätzliche Kraft zukommen lassen. Jedoch brauche ich einen Mittler, denn ich kann keinen direkten Zugriff aufbauen.
Außerdem müssten sich die emotionalen Wellen dieses Wesens in der Nähe des Gefängnisses, wie ihr es nennt, ausbreiten, damit sie den Emotionen dort besonders stark entgegenwirken könnten."

Wir überlegten eine kurze zeitlang, wen die Sterne wohl mit der Wesenheit meinen könnten. Zuerst dachten wir an Darkon. Der Druidorix hatte immer dann noch positiv konstruktive Gedanken, wenn andere längst aufgeben wollten.
Doch er selbst verwarf dies: „Ich kann es sicher nicht sein. Mir hätten sich die Blauen Riesen im direkten Kontakt erschließen können. Ich tippe eher auf Sandura. Unsere Herzliche ist aus tiefstem Grunde warmherzig. Ob dies immer als positive Denkart an die Oberfläche kommt, ist meiner Ansicht nach nicht entscheidend."

Sandura lächelte bei dem Gedanken, mit den riesigen Sternen eine Verbindung einzugehen. Sie hatte tatsächlich ein offenes Herz für alle. „Wer soll aber der Mittler sein, von dem die Blauen sprechen?"

Unvermittelt meldete sich aus dem Hintergrund Erwan der Emphat: „Was haltet ihr von meiner Wenigkeit? Ich kann Gefühle deutlich empfangen.

Eventuell sind meine Fähigkeiten auch geeignet einen Empfang herzustellen und dann die Kräfte weiterzuleiten."

„Ich habe ein richtig gutes Gefühl, wenn ich mir euch beide als Gespann vorstelle.", sagte ich. „Lasst doch einfach die Sterne selbst entscheiden, ob und wie sie sich eine Zusammenarbeit vorstellen.

Ich empfehle einen Test in einer Para-Sphäre. In der Nähe eines Sterns müsste sich schnell herausstellen, ob die Verbindung funktioniert."

Die Idee fanden alle ausgezeichnet. BoC ging sofort daran, die nötigen Entfernungsdaten dafür zu berechnen. Er informierte auch die Blauen Riesen, die geradezu begeistert von dem Test waren. Soweit man bei Sternenwesen überhaupt Begeisterung erwarten konnte.

Erwan und Sandura stellten sich gegenüber, als BoC die Sphäre erschuf. Sie verschwanden vor unseren Augen.

Es verging fast eine Stunde, bevor sie wieder erschienen. Wir machten uns inzwischen allerdings keine Sorgen. BoC behielt laufend die Kontrolle.

Als die beiden wieder im Schiff ankamen, strahlten sie vor Begeisterung.

„Das war fantastisch!" Übereinstimmend sprachen sie von einer Erfahrung, die sie ihr Leben lang nicht mehr vergessen würden.

Erwan und Sandura umarmten sich spontan ganz innig. Von diesem Zeitpunkt an waren sie ein unzertrennliches Liebespaar.

„Donnerwetter!", sogar Marmuk war von soviel Liebe und Verbundenheit überwältigt. Ihm blieben die weiteren Worte, die er noch auf der Zunge hatte, glatt im Hals stecken.

„Bingo (oder so ähnlich)!", äußerte sich Darkon: „Mit diesem Erfolg können wir daran gehen, unseren Schlachtplan auszuarbeiten. Bleibt uns nur noch, die Vorgehensweise von Marmuk und Dessa genauer zu umreißen."

„Ja, das stimmt.", meinte BoC: „Die Schlagkraft der Kämpfer ist auch mir noch nicht ganz klar. Sollen wir nun erst den Werkstatt-Mond oder die kleinen Roboter ausschalten? Wie können wir möglichst effektiv vorgehen, ohne die Amöben und ihre Echsen zu früh auf den Plan zu rufen? Was mir auch noch immer nicht klar ist, ist die Frage: Was geschieht mit den freigesetzten Seelen-Einheiten?

Ich gehe dabei selbstverständlich davon aus, dass uns der Angriff gelingen wird."

Ich meldete mich zu Wort: „Liebe Freunde, uns haben jetzt schon so viele sogenannte Zufälle in die Hände gespielt. Verlassen wir uns doch auch weiterhin auf unser Glück. Ich hoffe darauf, dass uns Everin demnächst wieder einmal aufsuchen kann. Der Ausdehnungszyklus der Energieblase müsste in Kürze beginnen. Dann haben wir, zumindest kurzzeitig, einen weiteren Verbündeten an unserer Seite."

„Gut gesprochen." Sowohl Darkon als auch Vasilio stimmten mir zu. Auch BoC erklärte: „Sehr gute Überlegung. Wir sollten uns nicht zu Schnellschüssen hineinreißen lassen. Uns bleibt genügend Zeit. Der Amöben-Gott hat noch keine Ahnung.

Was wir hier ausbrüten bleibt unser Geheimnis. Damit sind wir in einer ungemein beruhigenden Situation. Lasst uns jetzt noch einen weiteren Test durchführen. Diesmal will ich Marmuk und Dessa in Aktion versetzen.“

„O.k., was sollen wir Deiner Meinung nach in die Luft jagen?“, dies sollte von Marmuk eher scherzhaft gemeint sein. Allerdings hielten sich die humorigen Reaktionen darauf in Grenzen.

Nur Dessa blies ins gleiche Horn und bestätigte: „Jeah! Auch ohne Luft können wir der Roboterarmee den Garaus machen.“

„Du hast es völlig richtig erkannt Dessa. Ich will allerdings genau wissen, was geschieht, wenn ihr einige von diesen rasenden Robos, die das Gefängnis, also den Kokon des Energieballs bilden, aus dem Rennen nehmt.“ Unser guter BoC klang ziemlich unternehmungslustig: „Gut! Wie fit seid ihr? Braucht ihr noch etwas Zeit, um euch aufzuwärmen?“

Marmuk fing den rhetorisch gemeinten Ball auf. Er antwortete: „Eigentlich bin ich in Bestform. Vor diesem Einsatz will ich nur noch schnell etwas essen. Das stärkt die Moral.“

Jetzt hatte er denn doch einige Lacher auf seiner Seite. Also gewährte BoC ihm und Dessa noch die Zeit für ein ausgiebiges Mahl.

Doch danach ging es so ähnlich los, wie vordem bei den anderen. Marmuk und Dessa standen nebeneinander. Sie erwarteten ein Startsignal. Doch ohne ein solches lösten sie sich plötzlich in Luft auf.

Diesmal hatten wir jedoch das Vergnügen, den beiden bei ihrer destruktiven Arbeit zusehen zu dürfen. BoC zauberte ein holographisches Bild auf den Bildschirm an der Decke des Sternenschiffes.

Jeder der beiden hatte diesmal eine eigene kleine Para-Sphäre.

Null komma nichts befanden sie sich in unmittelbarer Nähe des energetischen Riesenballes.

Die kugelförmigen Roboter flitzten unter ihnen vorbei. Sie waren so ungeheuer schnell, dass die Laserblitze, die Dessa über ihre Augen aussandte, keinen von ihnen vernichtend trafen.

Erst als sich Marmuk in den Strom der Roboter warf und einige von seinem mächtigen Kraftfeld abgebremst wurden, hatte Dessa Erfolg. Jetzt explodierte einer nach dem anderen. Bei 50 und mehr hörten wir auf zu zählen.

Wir sahen allerdings auch, dass die Lücken ganz schnell wieder geschlossen wurden. Ebenso erkannten wir, wie das Kräftepotenzial unserer Helden allmählich nachließ.

BoC holte die beiden deshalb zurück an Bord des Sternenschiffes. Sie wirkten tatsächlich erschöpft. Ihre Kräfte reichten offensichtlich nicht allzu lange und schon gleich gar nicht lang genug, um das energetische Gespinst der kleinen Roboter ernstlich zu schädigen.

„Verdammt, das war zwar ein Einsatz nach meinem Geschmack, aber noch länger hätte er nicht dauern dürfen.", gestand sich Marmuk selbst ein.

Dessa hatte ihre Brille wieder aufgesetzt. Doch dahinter blitzte jetzt erst einmal gar nichts. „Ich muss mich dringend erholen und neu aufladen. So geht es anscheinend nicht.", sagte sie mit vor Schmerz und Enttäuschung verzerrtem Gesicht.

Vasilio bemerkte dazu: „Das waren Nadelstiche. Davon hat sicherlich keine einzige Amöbe etwas bemerkt. Das gesamte System regeneriert sich viel zu schnell, als dass wir auf diese Art etwas ausrichten könnten."

Unser BoC meinte lapidar: „Wir brauchen eine ganz neue Vorgehensweise."

Mein bescheidener Beitrag zu dem Dilemma war: „Was haltet ihr davon, wenn wir auf Everin warten. Vielleicht hat er eine gute Idee für uns. Eventuell müssen wir doch mit den Waffen des Sternenschiffs eine Bresche in die Flitzer schlagen."

Irgendwie war bei uns allen „der Wind aus den Segeln". Wir hatten offenbar zuviel Hoffnung in die Fähigkeiten unserer Freunde gesetzt, mussten jetzt aber deutlich sehen, dass das uralte System nicht so leicht zu überwinden war wie wir es uns vorgestellt hatten. Vorerst blieb uns nur die Erwartung in eine neue Idee.

Während wir drei Druidorix uns in einen gemeinschaftlich verbindenden, meditativen Zustand versetzten, versuchten die anderen im Gespräch zu Ergebnissen zu gelangen. BoC begab sich in ein entsprechendes Zwiegespräch mit dem Bio-Computer.

Alle waren so irgendwie auf ihre Arten untereinander in Kontakt. Damit entstand ein kreativer Prozess der das mentale Feld innerhalb des Schiffes erfüllte.

Das Ende der Kokon

Ich hatte so eine Atmosphäre bisher nur bei den Druiden auf Atalant erlebt.

Wenn wir eine Problemstellung zur Lösung bringen wollten, verbanden sich die Druidorix von Atalant mit den erreichbaren Druiden und Druidinnen zu einem Mentalfeld. Der gangbare Lösungsweg öffnete sich dann im Laufe der Zeit auf wunderbare Art und Weise.

Dabei war es noch nicht einmal erforderlich, bewusst telepathisch zusammen zu wirken. Allein die Kraft des Feldes ließ uns alle oder zumindest einige von uns die Lösung erkennen.

Diejenigen die dazu inspiriert wurden eine Bewältigungsstrategie umzusetzen, brachten dann sogleich die Durchführung in Gang.

Auf diese Art und Weise konnten wir uns ziemlich oft gegen die Eliten von Kabar erfolgreich durchsetzen. Was bei denen selbstverständlich ein heftiges Missbehagen hervorrief.

Obwohl wir hier auf dem Sternenschiff nur sehr wenige waren, entwickelten wir doch eine intensiv wirkende Gedankenstruktur.

Immerhin brauchten wir dringend eine Überlebenstaktik für alle Bewohner unserer Galaxis. Diese Notwendigkeit einte uns und unser Denken.

Als erster meldete ich mich für unser Kollektiv zu Wort: „Ich glaube uns sind richtig gute Gedanke gekommen. Was habt ihr denn in der Zwischenzeit für Erkenntnisse gewonnen?"

Erwan der Emphat sprach für seine vier Freunde: „Unsere Gespräche haben nicht so wirklich zu etwas Brauchbarem geführt.

Das einzige was wir so beitragen können sind eine Menge verschiedener Ansätze. Dies beginnt mit einer schleichenden Unterwanderung der steuernden Technik und gipfelt in einem direkten Angriff durch unser Schiff."

BoC vermittelte uns das beste Ergebnis, das er und der Bio-Computer ausgetüftelt hatten: „Ich darf mich euren Aussagen anschließen. Auch wir sind vom hundertsten ins tausendste und wieder zurück gekommen.

Doch am Ende haben wir an der Strategie mit den besten Erfolgsquoten festgehalten:

Punkt 1) wir dürfen auf gar keinen Fall unser Sternenschiff gefährden.

Punkt 2) der Einsatz von Marmuk und Dessa war sehr aufschlussreich.

Punkt 3) ein erneuter Angriff auf diese Art und Weise ist sicherlich nicht von Erfolg gekrönt.

Punkt 4) es geht abermals darum Schwachpunkte zu finden.

Im Zusammenspiel mit dem Computer konnte ich erkennen: Die Roboterkugeln schwirren herum wie ein Schwarm.

Deshalb ergibt sich aus diesen Berechnungen die weiterführenden Überlegungen:

Punkt 5) die Roboter besitzen offenbar so etwas wie eine Schwarmintelligenz.

Und jetzt stellen sich die entscheidenden Fragen, die uns weiterbringen können:

Punkt 6) ist jede Kugel aus sich heraus so vorausschauend, um nicht mit anderen zusammenzustossen oder werden sie von außen gesteuert?

Punkt 7) kann diese einfache Art von robotischer Intelligenz beeinflusst werden?

Punkt 8) woher bezieht der Schwarm möglicherweise entsprechende Impulse?

Als Quintessenz all unserer Gedankenspiele fanden wir heraus: Wir sollten unseren Fokus mehr auf den Werkstatt-Mond richten."

Nun konnte auch ich die mentalen Wahrnehmungen anfügen, die unserer Dreiheit der Druidorix in dem Zustand der Meditation zugeströmt waren:

„Dem Dasein der Amöben liegt ein bestimmendes Muster zugrunde. Es besteht darin, dass kollektive Existenz zugleich Intelligenz und Stärke bedeutet.

Die Individualität wird vollständig abgelehnt. Nur in der Vielheit lässt sich ein Lebensdasein aufrecht erhalten. Genauso verhält es sich mit den vor uns befindlichen Strukturen. Die Amöben haben ihre Vorstellung vom Sein auf ihre Maschinen übertragen.

Das heißt, wenn es uns gelingt deren Zweckbestimmung zu stören oder zu zerstören, zerfällt die ganze Struktur. Wie im Kleinen so auch im Großen."

„Fazit: Wir kommen alle auf den gleichen gemeinsamen Nenner!" BoC erntete mit diesen kurzen Worten rundum erstaunte Gesichter.

„Nun ja! Die schleichende Unterwanderung der steuernden Technik, wie sie Erwan äußerte, deckt sich mit meiner Überlegung, dass wir es hier mit einer Schwarmintelligenz oder mit einer kollektiven Intelligenz zu tun haben. Dies ähnelt dem Lebensprinzip der Amöben. Also müssen wir zumindest einen Ansatz finden, um die Existenzberechtigung des robotischen Systems in Frage zu stellen, es auf diese Art und Weise zu unterwandern."

„Und damit können wir auch eine Möglichkeit finden den Amöben das Licht auszublasen." Marmuk war wieder einmal sehr deutlich in seiner Sprechweise: „Vielleicht können wir die Roboterarmee sogar für unsere Zwecke nutzen!?"

„Der Gedanke gefällt mir.", meinte BoC: „Nur habe ich nicht einmal den Schimmer einer Idee, wie das funktionieren soll."

Ich lenkte die Gedankengänge wieder auf das nun vorliegende Problem, eine Herausforderung die unsere ganze Aufmerksamkeit fordern würde: „Diese fantastische Vorstellung müssen wir erst einmal hinten anstellen. Wichtig und vorrangig erscheint mir unsere Vorgehensweise gegenüber den flitzenden Roboter."

„Du hast natürlich recht!", stimmte mir BoC zu: „Doch während wir uns unterhalten haben fütterte ich bereits den Bio-Computer mit unseren Theorien. Gemeinsam überflogen wir mögliche Planspiele.
Das Ergebnis liegt jetzt vor: Wir müssen uns von der logisch erscheinenden Art zu Denken lösen. Nur so kommen wir auf einen Lösungsansatz. Deshalb ist von euch jedwede noch so verrückte Idee einzubringen. Unser Freund Marmuk hat also vorhin ganz richtig herumgesponnen."

Jetzt waren wir wieder alle gefordert, mit möglichst seltsam oder „verrückt" erscheinenden Gedanken einen Sturm der scheinbaren Verwirrung in Gang zu setzen.

Ich kannte etwas Ähnliches aus meiner Ausbildung. Dort haben wir allerdings versucht uns gegenseitig aus dem Tritt zu bringen.
Wer den auf ihn einstürmenden Ideen standhielt, ihnen am längsten sein eigenes Konstrukt, ebenfalls möglichst sinnverwirrend, entgegenbringen konnte, erfuhr einen geistig heilsamen Zustand außerhalb des Normalen oder des Üblichen.

Hier und jetzt ging es aber darum einen Ideensturm loszutreten, der schließlich von BoC und dem Bio-Computer so ausgewertet werden konnte, dass tatsächlich ein brauchbares Ergebnis zustande kam.

Hier eine kleine Auswahl der tollen (im Sinne von verrückt oder undurchführbar) Ideen:
Mit den Waffen des Schiffes die Flitzlinge abschießen. Den riesigen Werkstatt-Mond zerstören.
Marmuk und Dessa sollen die Zentrale des Mondes angreifen. Die Elektronik der Roboter stören. Die Roboter in Richtung des Riesenplaneten umlenken.
Eines oder mehrere Raketenraumschiffe kapern und damit den Planeten der Amöben sprengen.
Die gefangenen Seelen-Einheiten befreien und am Kampf beteiligen. Den Werkstatt-Mond mitten ins Gefängnis steuern. Den Werkstatt-Mond zum Riesenplaneten steuern. Mit einer Para-Sphäre den Werkstatt-Mond bewegen.
Die Flitzer in den Para-Raum ableiten. Para-Sphäre um das Gefängnis legen. Die Echsen gegen das Amöben-Kollektiv wenden. ...

So oder so ähnlich fabulierten wir herum. Wir verstiegen uns in Vorstellungen der seltsamsten Art. Nichts bremste das Durcheinander unserer Ideen.

Erst als wir nach gut drei Stunden müde wurden, unsere Gedankengänge anfingen sich zu wiederholten, setzte BoC einen Punkt: „Ich glaube, jetzt haben wir, der Bio-Computer und ich, genügend Material, um einen gangbaren Weg zu finden."

Wir Menschen lehnten uns zurück, ruhten uns aus oder schliefen sogar ein wenig. In dieser Zeit entstanden virtuelle Pläne und planbare Möglichkeiten für Strategien.

So ein hochwertiger Computer hatte doch immer wieder etwas für sich.

Das schien auch BoC ähnlich zu sehen, als er uns von den Ergebnissen in Kenntnis setzte: „Freunde, aus den unglaublich vielen Variablen haben wir gemeinsam etwas gefunden, das realisierbar scheint. Lasst uns miteinander nochmals darüberschauen und gebt mir eure Meinung kund.

Jetzt erläutere ich euch die entwickelte Vorgehensweise:

Zuerst schicken wir Marmuk und Dessa in den Werkstatt-Mond, um dort die Computereinheit zur Fernversorgung der rasenden Roboter zu finden und zu zerstören. Dann sehen wir wie sich die Aktion auf die Flitzer auswirkt.

Ich vermute stark, wir werden im ersten Moment keine Reaktion feststellen können, weil die Robos auch über eine eigene Orientierung verfügen.

Deshalb wiederholen Marmuk und Dessa die bereits eingeübten Angriffe. Dadurch sollte zumindest ein Teil der Roboter aus dem Tritt kommen.

Schließlich kann der Einsatz zu einer Massenkarambolage führen. Wie weit sich dies wirklich auswirkt müssen wir abwarten.

Dieses Geschehen soll immerhin Verwirrung stiften und ablenken.

Denn in der Zwischenzeit versuche ich nach und nach sämtliche Seelen-Einheiten aus dem Gefängnis zu holen. Ich umschließe möglichst viele von ihnen mit Para-Sphären. Wie ich das bewerkstellige kann ich jetzt noch nicht erklären. Es handelt sich hierbei um eine völlig neue Einsatzvariante.

Nach unseren Berechnungen müssten etwa 100 Sphären ausreichen, um alle Seelen zu befreien.

Jedenfalls wird der Robo-Schwarm dadurch seiner Aufgabenstellung entledigt.

Wir entziehen ihm die Existenzberechtigung. Wo sich nichts mehr befindet braucht es auch keine Energie mehr, weder um das Gespinst des Kokon aufrecht zu erhalten noch um Seelen mit elektrischen Strömen zu schocken.

Das sollte dann das endgültige Aus für das Gefängnis herbeiführen."

„Whow! Das klingt tatsächlich nach einem Plan.", Darkon klang überrascht und zugleich zufrieden.

„Super! Wann legen wir los?", Dessa war wieder unternehmungslustig. Auch Marmuk grinste breit.

Mein Einwand war weniger überschwenglich und dämpfte die Erwartungen: „Woher wissen wir oder wisst ihr, dass vom Werkstatt-Mond tatsächlich eine Verbindung zu den Flitzern besteht? Was, wenn dort gar keine Zentraleinheit besteht?"

„Berechtigte Frage.", BoC stimmte unumwunden zu: „Doch das ist nicht der entscheidende Ansatz für unser Vorgehen. Hauptsache Marmuk und Dessa stiften Verwirrung und lenken damit hinreichend von meinem eigentlichen Vorgehen ab."

„Alles klar. Vorrangig geht es um die Befreiung der Seelen-Einheiten, um deren Qualen ein Ende zu setzen. Das finde ich ausgesprochen vernünftig." Erwan der Emphat konnte dies gut nachvollziehen.

„Sollten wir vorab nicht erst noch einmal eine Aufklärung per Para-Sphäre durchführen, damit unsere beiden Kämpfer auch an den richtigen Stellen ankommen?" Vasilio stellte diese Überlegung an.

Doch BoC war selbst unterwegs gewesen. Er hatte den Werkstatt-Mond bereits aufgesucht. So war er von den Messungen und Scans felsenfest überzeugt, die er aufgrund eigener Wahrnehmung und mit den Instrumenten des Schiffes durchgeführt hatte.

„Wir sollten keine Zeit mehr verstreichen lassen. Je länger wir zögern, umso mehr Gelegenheit geben wir dem System der Amöben, uns zu finden. Ich bin sicher, dass diese Wesen unsere vorgetäuschte Bewegungsunfähigkeit bereits durchschaut haben.

Marmuk und Dessa, seid ihr bereit für einen Einsatz?"

Die geradezu einstimmige Antwort war: „Selbstverständlich! Wann soll es losgehen?"

Innerhalb von nur einer Stunde standen die beiden wieder nebeneinander in der Zentrale des Sternenschiffes.

BoC hüllte sie jeweils in eine Para-Sphäre ein und schickte sie in den Einsatz.

Auch diesmal durften wir Zurückgebliebenen auf dem Schirm des Schiffes das Geschehen verfolgen. Die holographische Darstellung war perfekt.

Sowohl Marmuk als auch Dessa bewegten sich in ihren Sphären vorsichtig. Sie konnten zwar weder gesehen noch geortet werden, wie BoC versicherte, doch „Vorsicht ist die Mutter der Porzellankiste". So hätten wir es zumindest in der irdischen Sprechweise ausgedrückt.

Die beiden Helden kamen in einem engen Raum an, der ganz offensichtlich nicht für Echsen oder ähnliche Körperformen gemacht war. Alles hier wirkte komprimiert und funktionell. Außerdem war es lichtlos dunkel. Lediglich der Scheinwerfer von Marmuk, den er vorsorglich mitgenommen hatte, erhellte die Szene ein wenig. Hinter den stabilen Platten befanden sich die digitalen Eingeweide des Werkstatt-Mondes. Das hatte BoC im Vorfeld schon entdeckt.

Dessa nahm ihre Brille ab. Das Funkeln in ihren Augen wirkte bereits bedrohlich. Manchmal kontrollierte sie ihre Fähigkeit mit Bedacht.

Doch jetzt ließ sie die feurige Energie ihrer Augen kraftvoll los. Damit schnitt sie ein Loch in den Stahl, wie mit einem Laserschwert.

Als sie die Brille wieder aufsetzte konnten wir erkennen, wie Marmuk sein Kraftpotenzial zur Entladung brachte. Er sprengte ein Tor auf, indem er das aufgeschnittene Teil regelrecht in den angrenzenden Raum schoss.

Damit schlug er sogleich eine breite Schneise in das Innenleben der Computereinheit des Werkstatt-Mondes.

Nach den Berechnungen, die BoC angestellt hatte, traf er mit diesem Geschoss genau den Bereich zur Bedienung der Roboter um den Gefängnis-Kokon. Von hier aus erhielten sie die Informationen zum Erhalt ihrer Bahnen und den nötigen „Strom" für ihre Energiespeicher.

War der Einsatz hier etwa schon beendet? Nein! Jetzt drangen unsere zwei in die Werkstatt ein. Dort sollten sie einfach für Aufruhr und Chaos sorgen.

In der Zwischenzeit informierte uns BoC darüber, wie er sich darauf konzentrierte Para-Sphären in den Gefängnis-Kokon zu schicken. Dies gestaltete sich nicht ganz so einfach, wie er es uns noch vor kurzem geschildert hatte.

Offenbar oder offensichtlich brauchte er dafür zusätzliche Energie. Schließlich musste BoC nicht nur die Para-Sphären für Marmuk und Dessa kreieren, sondern außerdem den Schutz für das Schiff. Anscheinend hatte er sich selbst etwas überschätzt.

Er bewies uns aber gleich, dass auch dies in seinen Überlegungen mit einkalkuliert war.

Wir waren nicht schlecht überrascht als er uns eröffnete, dass die Blauen Riesen sein Unternehmen unterstützten. BoC war tatsächlich amüsiert als er unser Erstaunen bemerkte.

Auch über diese erkennbare Emotion waren wir nicht minder erstaunt.

„Freunde, ich habe einfach mal auf eigene Faust gehandelt. Irgendwie trieb es mich dazu dies alles vorzubereiten, als ihr euch ausgeruht habt. Ich hoffe ihr seid nicht zu sehr vor den Kopf gestoßen."

„Das sicher nicht! Wenn es mich auch reichlich verwundert.", bemerkte ich: „Was Dich da getrieben hat sind hoffentlich nicht die Einflüsse der Amöben gewesen. Sogar das würde mich mittlerweile nicht mehr wundern."

„Nein, nein keine Sorge! Ich habe einfach nur diese neue Seite in meinem Dasein ausprobieren wollen. Und ich war gespannt auf eure Reaktion.

Selbstverständlich werde ich künftig wieder mit euch gemeinsam die Dinge besprechen. Doch entschuldigt mich jetzt, ich muss mich mit unseren blauen Freunden zusammenschließen. Gunar, Du kennst so etwas ja schon."

BoC ließ uns jetzt an beiden Ereignissen teilhaben. Auf der einen Seite sahen wir wie Marmuk und Dessa die Werkstatt verwüsteten und andererseits beobachteten wir das Unternehmen von BoC und den blauen Sternen. Ihm wurde jede Menge Energie zur Verfügung gestellt, die wir zwar nicht sahen, deren Wirkungsweise wir jedoch wahrnahmen.

Fiktiv nahmen wir daran teil, wie in eine Para-Sphäre nach der anderen Milliarden von Seelen-Einheiten aufgenommen wurden. Die Darstellung entsprach zwar nicht genau der Realität aber sie war sehr überzeugend.

Mit den Para-Sphären entnahm BoC dem Gefängnis-Kokon nach und nach sämtliche Seelen-Einheiten und brachte sie in den Strahlungsbereich der nächstgelegenen Blauen Riesen. Dort konnte er sie gewissermaßen loslassen.

Im Schutz der Sonnen gab es vermutlich keinerlei Zugriffsmöglichkeit für die Amöben.

Es war ganz klar, dass die befreiten Wesenheiten nicht wussten wie ihnen geschah. Plötzlich blieben die elektrischen Schläge aus. Plötzlich wurde es still um sie herum. Nur das blaue Strahlen kam noch bei ihnen an.

Ihre schon eine halbe Ewigkeit dauernde Gefangenschaft hatte von dem einen Moment auf den nächsten keinen Bestand mehr. Diese geradezu unheimliche Ruhe, die sie auf einmal wahrnahmen, versetzte die meisten Wesen in eine Art Schockstarre. Ihr Verstand, der ständige Begleiter der Seelen-Einheiten, wurde fast schon resettet und somit auf einen Neustart vorbereitet.

(Dies ist selbstverständlich nicht korrekt, denn ein Verstand kann nicht vollständig in seinen ursprünglichen Zustand zurückgesetzt werden. Jeder Verstand hatte, trotz aller Qualen, jede Einzelheit der Gefangenschaft aufgezeichnet.)
So trugen die Seelen-Einheiten alles weiterhin bei sich, was ihnen widerfahren war.

In der Folgezeit galt es für weitgehende Heilung zu sorgen. Diese wichtige Aufgabe übernahm mit Freuden Everin, der freie Geist.

Doch ich will in der Erzählung nicht zu weit vorgreifen.

Marmuk und Dessa brachten dem Werkstatt-Mond keine wirklich erheblichen Schäden bei. Dazu war das Gebilde zu riesenhaft. Aber es gelang ihnen tatsächlich die Reparaturarbeiten vorübergehend zu stoppen. Die Förderbänder in den Werkstätten standen still. So konnten keine Ausfälle bei dem immer noch existenten Kokon mehr ausgebessert werden.

Jetzt sprangen die beiden in ihren Para-Sphären, praktisch ohne Zeitverlust, mitten in die flitzenden Roboter. Marmuk verlangsamte die Dinger und Dessa schoss sie mit ihren Energiestrahlen ab.

Es entstanden kleine aber nicht zu übersehende Lücken, im Gespinst um das Gefängnis.

Nach einiger Zeit brachen unsere Helden ihren Einsatz ab. Erschöpft kamen sie im Sternenschiff an. Dessa legte sich sofort in ihrer Kabine schlafen. Marmuk hingegen ließ sich in seinen Gallert-Sessel fallen und verfolgte mit uns gemeinsam den weiteren Verlauf der Aktion.

Er sah, dass die Flitzlinge sich noch immer so bewegten, als wären sie nicht dezimiert worden. Erst war er enttäuscht. Doch dann bemerkten wir, dass der Kokon instabil wurde.

Den Robotern ging offenbar der „Saft“ aus. Etliche wurden irgendwie langsamer.

„Schaut euch das an! Diese Geräte bewegen sich nicht mehr so schnell, weil der Werkstatt-Mond keine frische Energie an den Pulk liefert. Wir haben es geschafft die Verbindung zu kappen!“ Marmuk war in diesem Augenblick sehr zufrieden mit sich und mit der gemeinsamen Vorgehensweise. „Schade, dass Dessa unseren Erfolg nicht zu Gesicht bekommt.“

Dafür waren wir anderen überschwenglich mit unseren Lobeshymnen. Marmuk lehnte sich zurück und schlief nun gleichfalls ein. Er wurde ins Traumland entlassen, getragen von den lobenden Worten des ganzen Teams.

BoC setzte seine Rettungsaktion fort. Bald gab es keine Seelen-Einheiten mehr, die von den Robotern drangsaliert werden konnten. Sie schossen ihre Elektroschocks immer öfter ins Leere. Dennoch hörten sie damit nicht auf. Schließlich waren sie so programmiert.

Dadurch verpulverten diese Geräte aber auch immer mehr von ihrem internen Energievorrat.

Vom Werkstatt-Mond her wurden sie noch immer nicht wieder neu aufgeladen.

Offenbar war es Marmuk und Dessa tatsächlich gelungen dessen Einheit, die zur Übertragung erforderlich war, vollständig außer Gefecht zu setzen.

Der Kokon des Gefängnisses war jetzt geleert. Alle Seelen-Einheiten befanden sich nun in der Obhut der Blauen Riesen, die am nächsten standen.

Mit der Unterstützung von BoC spürte ich in die Para-Sphären hinein. Was ich wahrnahm verwirrte mich anfangs. Die dort befindlichen Seelen erwarteten nahezu alle den nächsten elektrischen Schlag. Es war ihnen noch überhaupt nicht bewusst, dass ihr Martyrium vorbei war. Vermutlich würden sie eine sehr lange Zeit brauchen, bis sie die veränderte Lage als solche anerkannten.

Ich kannte von meiner Ausbildung die Funktion des Verstandes: Er erscheint gewissermaßen angeheftet, an die Person selbst oder die Seele. Deshalb benutzen wir die Bezeichnung Seelen-Einheit. Über den jeweiligen körperlichen Tod hinaus nimmt die Seele den Verstand mit.

Er kann als ein energetisches Konstrukt bezeichnet werden, der niemals mit dem Gehirn identisch ist. Seine vorrangige Funktion ist die Speicherung und die analytische Verarbeitung von Daten.

In jedem Leben werden eine Menge Daten sowohl bewusst als auch nichtbewusst aufgenommen. All diese Informationen bleiben in den darauf folgenden Leben weitgehend authentisch erhalten.

Bei den uns von der Geistigen Welt vermittelten Rückführungen nehmen wir Kontakt mit der Person selbst auch, der TAO-Seele.

Diese wiederum fordert ihren Verstand auf Bilder, Emotionen und anderes Datenmaterial zu liefern. Damit kann ein Rückführer dem Verstand behilflich sein, mit Problemen fertigzuwerden, die ihn womöglich Jahrtausende belastet haben. In den Datenbanken wird aufgeräumt.

Genauso hätte jemand die Milliarden Seelen-Einheiten betreuen müssen, die aus dem Kokon befreit wurden. Doch wie sollte diese Mammut-Arbeit (irdische Ausdrucksweise) bewältigt werden. Dazu wären fast ebenso viele Rückführer nötig gewesen.

Immerhin waren diese armen Wesenheiten über unvorstellbar lange Zeit gequält worden. Dies alles hatte sich furchtbar tief in ihren Verstand eingebrannt.

BoC sprang mir zu Hilfe, indem er sagte: „Mach Dir vorläufig keine Gedanken in dieser Richtung. Ich bin überzeugt, wir werden auch für diesen Problembereich eine Lösung finden. Everin hat sich, so weit ich weiß, bereits darum gekümmert."

Ich zog meine Aufmerksamkeit wieder aus der Para-Sphäre zurück und widmete mich den Aufgaben der unmittelbaren Gegenwart.

Wir alle beobachteten die Entwicklung beim Kokon-Gefängnis. Die vielen Robo-Flitzer verloren ziemlich schnell ihre aufgesparte Energie.

Immerhin mussten sie damit ihre Bewegungen koordinieren, den Schwarm aufrecht erhalten und gleichzeitig auch weiterhin elektrische Blitze in den Raum schleudern, in dem sich nun keine Opfer mehr befanden.

Dass dort nichts mehr wahr, dem sie Qualen zufügen konnten, merkten sie nicht. Auf eine solche Wahrnehmung waren sie nicht programmiert.

Jedenfalls begann sich der Schwarm immer mehr zu verlangsamen. Einzelne Einheiten verloren schneller ihr Energiepotenzial und behinderten dadurch die anderen. Es kam vermehrt zu Zusammenstößen. Das Chaos spitzte sich deutlich erkennbar zu. Der Untergang nahm seinen Lauf.

Als dann auch noch vom Werkstatt-Mond frische Flitzer herbeieilten, vermutlich um mögliche Lücken zu füllen, wurde das Durcheinander perfekt.

Die Neuen waren wesentlich agiler. Doch gerade ihre Beweglichkeit wurde dem gesamten Schwarm zum Verhängnis.

Wir beobachteten die fortschreitende Desinformation und mehr und mehr Explosionen, wenn wieder einige Roboter aufeinander krachten.

Das Ende des Kokon-Gefängnisses wurde sichtbar und war nicht mehr aufzuhalten.

Nun konnten wir uns in aller Ruhe oder immerhin mit bedingter Aufmerksamkeit dem zuwenden, was wir weiterhin unternehmen mussten.

Der Ball war ins Rollen gebracht. Wie würde sich das Spiel weiterentwickeln? Wie würden die Amöben nun reagieren?

Wir waren davon überzeugt, dass das Versiegen des Emotionsstromes bereits bemerkt wurde. Vorausgesetzt die Emotionen wurden schneller als das Licht übertragen.

Wir waren hier nämlich fast acht Lichtjahre von dem riesigen Wasser-Planeten entfernt.

BoC setzte uns davon in Kenntnis, dass die weiteren Schritte davon abhängen würden, was die Amöben unternahmen.

Es gab von seiner und von Seiten des Bio-Computer noch keinen konkreten Plan.

Offenbar geschah die Übertragung tatsächlich mehr als lichtschnell. Denn bereits nach drei Tagen Echtzeit, also nicht von den Amöben vorgegaukeltem Zeitablauf, erschienen zwölf der Raketenschiffe in der Nähe des Werkstatt-Mondes.

Sie erkundeten die Lage, fanden den Mond weitgehend unversehrt, jedoch den Gefängnis-Kokon in Chaos und Auflösung begriffen.

Die jetzt deutlich lahmeren, desorientierten Roboflitzer schickten weiterhin elektrische Blitze aus.

Doch dort wo diese Blitze einschlugen befand sich kein Ziel mehr. Also trafen elektrischen Ladungen Ihresgleichen. Sie zerfetzten sich demzufolge gegenseitig.

Der Besatzung der Schiffe bot sich ein Bild, das überhaupt nicht in ihre Vorstellungswelt passte.

Seit undenklichen Zeiten war der Gefängnis-Kokon fester Bestandteil ihres Systems. Doch nun fehlte jeglicher Hinweis auf den Verbleib der Insassen des Gefängnisses. Nichts, absolut nichts war wie es sein sollte.

Selbstverständlich übertrugen die Schiffe ihre Wahrnehmung direkt an alle Amöben in der Blase. Und ebenso selbstverständlich brachten sie all dies sofort mit uns in Verbindung. Jetzt begann eine hektische Aktivität.

BoC wechselte den Standort. Den Amöben hatte bis dahin die Sicherheit genügt, zu wissen wo sich unser Sternenschiff befand.

Nun wurden wir plötzlich für ihre Scanner unauffindbar.

Was aber geschah jetzt mit dem emotionalen Sucht- und Druckmittel, mit dem die Amöben ihre Echsen bisher bei Laune hielten?

Mit der Unterstützung einer von BoC zur Verfügung gestellten Para-Sphäre und durch den zusätzlichen Krafteinsatz der Blauen Riesen gelang mir der Zugriff auf den Kommunikationskanal der Amöben und der Echsen.

Als ausgebildeter Kommunikator verfügte ich sowieso über die Fähigkeit, mich mit jeder Art von kommunikativem Miteinander zu verbinden. Doch in diesem Falle war ich einfach nur der Zuhörer, der „Lauscher an der Wand".

Mir offenbarte sich zuerst einmal Totenstille! Dies hielt an, bis die Echsen unruhig wurden. Urplötzlich rumorte es im kommunikativen Äther des Amöben-Kosmos.

Sporadisch hatte der Verbund der Urwesen noch etwas Emotionalität in einigen Speichermedien aufbewahrt. Doch diese Emotionen waren bei weitem nicht ausreichend für die breite Masse der dienstbaren Echsen. Außerdem verbrauchte sich der Einfluss, weil sich diese Emotionsschübe ständig wiederholten und damit langweilig wurden.

Diese Situation war zudem überhaupt nicht vorgesehen. Die Speicher dienten nur dazu, um ein wenig schreckliche Emotionen zur Verfügung zu haben, wenn Schiffe viel zu weit und zu lange von der Blase losgelöst unterwegs sein sollten. Dies wäre ein Vorgehen gewesen, das extrem selten hätte eintreffen dürften.

Die Masse der Echsen blieb jetzt ohne emotionalen Nachschub. Das war im Grunde noch kein Beinbruch, doch das Ungewöhnliche an dem Geschehen verursachte die Unruhe.

Außerdem hatten die Amöben selbst überhaupt keine Erklärung für den Zustand. Dadurch verbreiteten sie ihre eigene Unsicherheit. Dies obwohl sie keinerlei ursächliche Gefühle hatten.

Aber allein schon die kommunikationslose (Un)-Ruhe, die heftige Stille in der Zusammenarbeit brachte die Echsen durcheinander. Sie begannen sich und anderen Fragen zu stellen, die sie noch nie zuvor erfragen mussten.

Die Amöben zogen sich immer mehr auf sich selbst zurück. Sie sammelten sich sowohl geistig als auch physisch.
Die abgespalteten Einheiten auf den vielen Raketen-Schiffen gaben sogar ihre Kontrollfunktion komplett ab. Sie beteiligten sich nicht einmal mehr an der Koordination der Aufgaben dieser Raumfahrzeuge.
Jetzt waren die Echsen die alleinigen Herren dieser Schiffe.

Anfangs veränderte sich überhaupt nichts, weil die Abwesenheit der führenden Amöben nicht einmal bemerkt wurde. Doch je länger der Zustand anhielt, umso selbstbewusster wurden einige Echsen. Ihre Abhängigkeit von den ständig auf sie eindröhnenden, negativen Emotionen löste sich verhältnismäßig schnell auf.
Ihr Echsendasein setzte sich durch, das bedeutete, dass sie gewissermaßen egomanisch ihr eigenes Ding zu tun gedachten. Dazu gehörte auch, dass jedes dieser Wesen besser und stärker sein wollte, als der jeweilige Nächste. Machtgerangel bis hin zu Gewalt-Exzessen beherrschte bald die Besatzungen der Raketen.

Ich hätte nie gedacht, geschweige denn gehofft, wie schnell die, über ewige Zeiten künstlich erzeugten Strukturen, zerfielen.
Als ich jedoch versuchte, dem Amöben-Gott direkt auf die Schliche zu kommen, wurde ich geblockt. So etwas hatte ich, in dieser Härte, noch nie erlebt.

Das einzig, was ich wahrnehmen konnte, war die eiserne, mentale Geschlossenheit dieser Wesenheit. Unter diesem Panzer braute sich, mit ziemlicher Sicherheit, etwas Fürchterliches zusammen. Die geistige Macht des Zusammenschlusses der Amöben war nicht zu unterschätzen.

Wenn sie schon Zeit und Raum nach ihrem eigenen Gutdünken verbiegen und sogar unserem Bio-Computer etwas vorgaukeln konnten - was hatten wir noch zu erwarten!?

Als ich diesen Block wahrnahm, setzte ich mich sofort mit BoC in Verbindung.

Ein schwerwiegender Fehler! Beinahe hätte er mich mein Leben gekostet. Nur durch die vorausschauende Reaktionsschnelligkeit von BoC überlebte ich die Attacke.

Der Amöben-Gott erspürte nämlich meine Gegenwart und umhüllte mein geistiges Ich mitsamt der Para-Sphäre, in der ich als Wesenheit auf Reisen gegangen war.

Schon als ich dachte, jetzt zu einem Bestandteil all dieser Amöben werden zu müssen, saugte BoC mein Geistsein mit einer zweiten Sphäre aus der Umklammerung. Wie durch ein winziges Loch im Kontinuum schlüpfte ich heraus und fand mit blitzartig in meinem Körper wieder.

Was jetzt begann wurde bei mir und bei meinen Freunden auf lange Zeit zum Alptraum.

Das Amöben-Überwesen wusste jetzt, wo sich unser Sternenschiff mit seiner Besatzung befand. Es nutzte nichts mehr, dass wir uns im Ortungsschutz eines der blauen Riesensterne befanden.

Im Gegenteil, dieser energetische Schutz hätte zu unserem Verhängnis werden können, wenn BoC nicht für Abstand gesorgt hätte.

Er tat dies ebenso schnell und ohne Zeitverlust, wie er mich aus den Fängen der mental einwirkenden Amöben befreit hatte.

Was jetzt seinen Lauf nahm war ein existentieller Kampf im Geistigen Raum.

BoC brachte unser Sternenschiff vorerst so weit wie möglich von dem riesigen Wasser-Planeten entfernt in relative Sicherheit. Obwohl die räumliche Entfernung im Geistigen Kosmos bedeutungslos ist, entzog BoC dennoch die physikalischen Bestandteile des Schiffes und damit auch die Körper der Besatzung dem unmittelbaren Zugriff der mental hinausgreifenden Amöbe.

Jetzt mischten sich auch die Blauen Riesen in die Auseinandersetzung ein und bildeten einen Energiewall. Solche Energiefronten beeinflussten teilweise auch das Geistige. BoC verbarg uns hinter dieser Abschirmung, um seinerseits losschlagen zu können.

Aus diesem Hintergrund heraus setzte er Kräfte frei, mit denen der Amöben-Gott sicherlich nicht gerechnet hatte.

BoC nutzte unser gemeinsames geistiges Potenzial. Dafür konnte er uns nicht ausdrücklich fragen. So setzte er einfach voraus, dass wir einverstanden waren. Die besonderen Kräfte von Marmuk und Dessa, die diese sonst ausschließlich per Körper einsetzten, übernahm BoC ins Geistige und schleuderte sie der Amöbe entgegen.

Wie das ging konnte er im Nachhinein selbst nicht mehr genau sagen. Er tat einfach, was er für richtig und wirkungsvoll hielt.

Marmuks geballte Energie erschütterte den Planeten der Amöben, während die Feuerschlange, die von Dessa ausging, das Wasser aufheizte.

Den Amöben wurde es physisch regelrecht heiß unter dem nicht vorhandenen Hintern.

Um ihre physische Existenz zu sichern mussten die Amöben sich dadurch sehr stark auf den Erhalt ihrer Körper konzentrieren. So setzten sie einen Teil ihrer geistigen Kräfte ein, um den Wasser-Planeten gegen die Wucht des Angriffs von Marmuk und Dessa abzuschirmen.

BoC zog die geistigen Komponenten der beiden wieder zurück, hielt sie aber in Reserve.

Der Gegenangriff des Amöben-Gottes ließ nicht auf sich warten. Mit Macht ließ er das Energieniveau im Umkreis des Sternenschiffes erzittern. Ohne den Schutz durch die Para-Sphäre wäre dies unser aller Ende gewesen. Und selbst dieser Schirm hätte nicht ewig gehalten.

Jetzt bot BoC zusammen mit seinen eigenen die geistigen Kräfte von uns drei Druidorix auf. Mit uns gemeinsam drängte er das Amöben-Wesen zurück.

"T AaaOooo, T AaaOooo, T AaaOooo, ...". Wir verbanden uns untereinander und mit BoC. Mit vereinten Kräften erzeugten wir eine Interferenz.

Diese entgegengesetzte, sogenannte destruktive Schwingungsqualität negierte die unheilvollen Energien im Geistigen sowie im Physischen. Die angreifenden Gewalten wurden ausgelöscht.

Das Amöben-Wesen veränderte zwar laufend die Frequenzen, doch wir reagierten jedes Mal mit angepassten Entgegnungen.

Im Gegenteil, wir brachten es sogar immer besser zustande, dass Anteile unserer Schwingungen den Angriff unterliefen und wir selbst der Amöben-Gemeinschaft schwer zusetzten. Auf so etwas war dieser Verbund ganz und gar nicht gefasst.

BoC, Vasilio, Darkon und ich arbeiteten hochkonzentriert zusammen.

Auch als der Gegner uns mit schrecklichen Bildern und extrem hässlichen Emotionen überwältigen wollte, blieben wir standhaft und gelassen.

Teuflische Fratzen in Verbindung mit Angst- und Panikattacken ließen uns kalt. Dazu hatten wir schon viel zu vielen grauenvollen Emotionen begegnen müssen. Außerdem schützte uns BoC mit seinen Para-Fähigkeiten. Er lief geradezu zu seiner Höchstform auf.

Später gestand er, dass ihm all diese Befähigungen vorher noch nie bewusst waren und er sie auch dann nicht noch einmal aktivieren konnte. Zumindest öffnete sich ihm der Zugangsweg dann nur noch mit entsprechender Anstrengung.

Irgendwie hatte der Übergriff des Amöben-Gottes eine Art gewaltiges Loch in den Geistigen Kosmos gerissen, aus dem übergeordnete Energieformen zu strömen begannen, die uns sonst versperrt blieben. Mir wurde bewusst wie nie zuvor, dass wir in unmittelbarer Verbindung zum Göttlichen standen. Anscheinend erhielten wir dadurch sogar die Unterstützung, die wir brauchten, um dem offensichtlich „Bösartigen" paroli bieten zu können.

Wobei „Gut" und „Böse" weiterhin nur weltliche Begriffe blieben.

Vom Göttlichen werden diese Unterschiede niemals getroffen. Wie wir Druiden des TAO wissen, sind sowohl „Gut" als auch „Böse" schöpferische Komponenten im Spielfeld des Universum, die beide ihre Berechtigung haben.

Zudem sind diese Begriffe auch gegenseitig austauschbar, je nachdem auf welcher Medaillen-Seite von gruppendynamischen Prozessen man sich gerade befindet.

So kann eine Staatsmacht sich als böse darstellen, obwohl sie lediglich für Recht und Ordnung, also für etwas Gutes, sorgen will.

Doch diesen Überlegungen gaben wir uns im Moment des Kampfes natürlich nicht hin. Denn erstens mussten wir uns wehren und zweitens wollten wir den Kampf für uns entscheiden, also gewinnen.
Mittels geistiger Kraft schoben wir uns beziehungsweise unsere energetisch mentale Bombe immer näher an den Wasser-Planeten heran. Unsere Absicht bestand darin, den Planeten und damit die gesamte Amöben-Brut zu zerfetzten.

Doch bevor dies vollendet werden konnte, gelang dem Amöben-Gott ein neuer „Schachzug".
Einige seiner Echsen-Diener, vor allem die älteren Generationen aus früheren Zeiten, befolgten auch weiterhin seine Befehle. Auch ohne das Emotionsfutter blieben sie den Amöben verhältnismäßig treu ergeben.
Deshalb trieb der Verbund der Amöben all die Raketen-Schiffe, die ausschließlich mit solchen Echsen besetzt waren, in Richtung unseres Sternenschiffes. Zum Glück für uns erfolgte der Befehl nicht einheitlich und mit einer Übertragungsmethode, die auch der Bio-Computer leicht abhören konnten. So gelangte die Information noch rechtzeitig zu BoC, der unseren Angriff sofort vorübergehend stoppte.
Jetzt mussten wir eine Strategie anwenden, die wir mit den blauen Sternen schon vor Wochen vorbereitet hatten. Sandura die Herzliche und Erwan der Emphat warteten begierig darauf, ihre Fähigkeiten zum Einsatz zu bringen.
Beide lagen entspannt und in freudiger Erwartung in ihren Gallertsesseln, während die Raketen-Schiffe heranstürmten.

Diese Schiffe hätten im Normalfalle innerhalb von wenigen Stunden hier sein können. Doch dadurch, dass die Echsen keinerlei Kontrolle durch ihre Amöben an Bord mehr hatten, mussten sie sich erst einmal selbst mit der Technik vertraut machen. Die Echsenwesen handelten aus der Erinnerung heraus. Sie begingen oftmals auch deshalb Fehler, weil so manche Echse ihr Ego durchdrücken wollte.

Wer es wirklich besser wusste, wurde von seinem Platz verdrängt und durch jemand ersetzt, der einfach den stärkeren Willen hatte oder auch eben nur körperlich stärker war. Dadurch geschah so manches Unglück, so manche Katastrophe.

Zum Beispiel explodierte ein Schiff inmitten einer Hundertschaft von weiteren Schiffen. Die darauf folgenden Explosionen ließen keines der umgebenden Raumschiffe verschont.

Dennoch bewegten sich immer noch Zigtausende Raketen-Schiffe auf unseren Standort zu. Manche schneller und viele langsamer.

Die ersten hundert Raketen schoss das Schiff, gesteuert durch den Bio-Computer selbst ab, noch bevor BoC sich wieder einschalten konnte. Darauf folgende Wellen zerschellten an dem Energiewall, den die Blauen Riesen geschaffen hatten. Dadurch wurden die Nachfolger vorsichtig und sammelten sich erst einmal vor dem Schutzfeld.

Wir waren sicher, sie würden, unterstützt und getrieben durch ihre Amöben, die sich nun dennoch wieder dazu gesellten, eine Strategie entwickeln.

Bevor sie uns gefährlich werden konnten mussten wir handeln.

Sandura summte eine beruhigende Melodie, voller angenehmer Gefühle. Erwan nahm diese Schwingung auf. Sie erfüllte ihn ganz. Er schwang sich empor zu den Sternen – im wahrsten Sinne der Worte.

Während Sandura immer mehr, immer stärker in ihrer Liebe aufging, wurde Erwan von den blauen Sternen begrüßt. Über den Emphaten holten sich die Riesensterne die Schwingungsqualität der Liebe. Erwan und die Sterne wurden immer deutlicher eins.

Sandura sandte aus und Erwan empfing. Damit empfingen auch die Blauen Riesen.

Was nun geschah war eigentlich unbeschreiblich. Ich will es dennoch versuchen.

Alle Sterne in der Blase gingen in Resonanz mit Sandura, mit Erwan und mit den ersten Blauen. Das gesamte System war erfüllt von machtvoll liebevollen Gefühlen.

Dies waren Emotionen, die weder die Echsen noch ihre Herren, die Amöben, jemals erlebt hatten.

Deren eigene Gefühllosigkeit, die Leere in ihnen, wurde erfüllt von Sanduras Liebe.

Ihre Melodie brachte jegliches Gewaltstreben zum Erliegen.

Ich wollte dieses Phänomen unbedingt hautnah erleben, indem ich mich wieder einmal auf die Reise zu unseren Nachbarn, den Echsen und den Amöben, begab. BoC stellte meinem geistigen Dasein zum Schutz eine angepasste Para-Sphäre zur Verfügung.

Mein Körper blieb also im Sternenschiff, während ich als Geistwesen die Energieblase erkundete. So konnte ich ohne jeglichen Zeitverlust überallhin springen. Sollte es in irgendeiner Art und Weise gefährlich werden, war auch eine blitzartige Flucht möglich.

BoC begleitete meine Reise mental, was erneut eine zusätzliche Befähigung darstellte.

Wir wurden immer wieder überrascht, welch phänomenale Möglichkeiten sich uns auftaten, seitdem der Amöben-Gott den Geistige Kosmos „aufgerissen" hatte.

Eben dadurch gelangten auch die sanften, von überwältigender Liebe herbeigeführten Emotionen, die Sandura aussandte ganz tief in die emotionslosen Herzen der Echsen. Was dies bei den Amöben bewirkte, sollte ich schon bald selbst erleben.

Als ich mich dem Pulk der Zigtausend Raketen-Schiffe näherte, die uns belauerten, hatte ich sofort den Eindruck, als würden deren Besatzungsmitglieder sich im hellen Strom der Liebe vereinen. Unter vereinen meine ich tatsächlich die sexuelle Variante des Verliebtseins.

An Bord befanden sich nämlich nicht nur männliche Exemplare der Echsenwesen. Wobei es auch diesen ziemlich egal war, mit wem sie sich gerade paaren wollten. Die gleichgeschlechtliche Liebe war bei einigen Echsen sowieso völlig normal. Jetzt sprengte der Drang nach sexueller Befriedigung sogar die Rassenzugehörigkeit.

Ganz offensichtlich drohte uns von den Echsen, die auf uns gehetzt wurden, nun keinerlei Gefahr mehr. Dazu waren sie anderweitig viel zu beschäftigt. Dass sie sich in ihrem Liebesempfinden auf der tiefsten Stufe austobten wunderte mich gar nicht.

Ich konnte mit meinen kommunikativen Sinnen wahrnehmen, dass sich alle Echsen im System der Blauen Riesen ganz genauso verhielten.

Doch wie erging es den Massen der Amöben im Wasser ihres Planeten? Hatten diese Wesen einen höheren Zugang zur Liebeserfahrung?

Um dies besser beurteilen zu können musste ich vorab mein eigenes Empfinden zur Liebe auf den Prüfstand stellen.

So wie alle anderen war auch ich der Schwingungsqualität ausgesetzt, die von Sandura ausging.

Es war ein wunderbares, überaus warmes Gefühl mit der Tendenz, dies auch an andere weiterleiten zu wollen, es mit anderen teilen zu wollen.

Diese Emotionalität beeinträchtigte wahrhaftig meine objektive Wahrnehmung. Eine Art von rosaroter Brille ließ mich die Wesen und Dinge rundum in einem friedvollen Miteinander sehen. Es gab weder Unstimmigkeiten noch Ängste noch Gefahren.

Ich ließ dieses Strömen geschehen. Wobei ich sowieso keine Chance gehabt hätte, mich dagegen zu wehren. Allein schon deswegen, weil ich mich mit Freuden dem göttlichen Einfluss hingab.

Doch wie erging es den Amöben? Ihr Einfluss auf die gigantische Echsenarmee war nun völlig dahin. Da nutzte es auch nichts mehr, dass die Amöben in den Raketen-Schiffen wieder ihre Kontrolle ausüben hätte können, wenn sie nicht selbst durch die liebevollen Gefühle schachmatt gesetzt worden wären.

Mir wurde bewusst, dass all die vereinsamten Amöben in den vielen Schiffen im All der Blase sich nach enger Gemeinschaft und nach Zugehörigkeit zu ihrem Überwesen sehnten. Sie verzehrten sich regelrecht danach und drehten vor Sehnsucht durch, obwohl oder gerade weil sie eine geistige Verbindung zum Verbund auf dem Wasser-Planeten hatten. Was ihnen aber fehlte war der körperliche Kontakt.

Denn auch sie empfanden ähnlich wie die Echsen und wollten unbedingt zur Vermehrung ihrer Art beitragen. Was ihnen völlig verwehrt wurde, weil die Echsen der Schiffsbesatzungen selbst überwiegend mit sexuellen Handlungen beschäftigt waren.

Nachdem ich diese armen Wesen verlassen hatte, wandte ich meine Aufmerksamkeit dem gigantischen Planeten zu.

Dort herrschte einerseits Chaos, weil auf der körperlichen Ebene eine ungestüme Vermehrungsorgie stattfand. Da die Amöben zweigeschlechtlich waren, also beide Geschlechter in sich vereinten, stürmte jedes der Tiere auf das nächstmögliche Tier los und begattete es.

Andererseits nahm ich den wachsamen Amöben-Gott wahr, die vor machtvollem Kraftpotenzial strotzende geistige Komponente der massenhaften Amöben-Gemeinschaft. Ich spürte deutlich die freudige Erwartung mit der diese Wesenheit den zu erwartenden Zuwachs an weiteren Amöben beobachtete.

So hatte auch dieses, für uns mittlerweile extrem gefährliche Amöben-Überwesen ein Liebeserlebnis.

Aus meiner eigenen Euphorie heraus war ich mit ihm gemeinsam voller bedingungsloser Liebe. Dabei merkte ich überhaupt nicht, in welch einer unüberschaubaren Bedrohung wir uns befanden, sollte Sandura ihren Liebesstrom einstellen.

Denn die Amöben-Tiere vermehrten sich nicht nur sehr schnell, sie wurden auch unglaublich schnell „erwachsen". Es dauerte nämlich nur wenige Tage für diesen Zustand.

Durch den enormen Zuwachs an physisch vorhandener Masse wuchs auch die mentale Macht der Gemeinschaft, also die des Überwesens.

Als ich an Bord des Sternenschiffes in meinen Körper zurückgekehrt war, wollte ich voller Begeisterung von meinen Erlebnissen berichten.

Doch sobald ich aus der Para-Sphäre herauskam, schwebte ich gemeinsam mit den anderen auf „Wolke sieben".

Mein nicht mehr bewusstes Dasein veränderte sich schlagartig. Ich konnte mich der Überwältigung von Sanduras Liebesfeld nicht mehr entziehen.

Die Art und Weise der Liebe, mit der wir im Schiff konfrontiert wurden, war von Respekt getragen. Weder die Druidorix noch Marmuk oder Dessa verfielen den ähnlichen sexuellen Gelüsten wie die Echsen oder die Amöben.

Die Liebe hier an Bord war ein sehr warmherziges Empfinden für die jeweils anderen. So wären wir uns gegenseitig hilfreich zur Seite gestanden, hätte jemand negative Gefühle ertragen müssen. Dieses Liebesempfinden war eher vergleichbar mit dem Mitgefühl im Rahmen von Hege oder Pflege.

Wobei speziell Vasilio eine geradezu erhabene Liebe verspürte, wie er später meinte, eine Liebe mit göttlicher Verbundenheit.

Mit Ausnahme des Bio-Computers, der wiederum Einfluss auf BoC hatte, konnte keiner von uns auch nur ansatzweise analysieren, was sich in der gesamten Energie-Blase zutrug.

Sogar die Blauen Riesen waren in einem Zustand des Glücks.

Dabei geschah etwas phänomenal Wunderbares mit all den Seelen-Einheiten, die sich in der Obhut von Sternenriesen befanden.

Sie erfuhren nach langer, langer Zeit erstmals Emotionswellen, die sich wie heilsame Ummantelungen um ihre mittlerweile uralten, negativ eingeprägten Empfindungen legten.

Damit konnten zwar die im Verstand gespeicherten Schmerzen nicht negiert werden, doch es gelang TAO, den Seelen selbst, erstmals wieder ein unverfälschter Blick auf das gegenwärtige Dasein.

Hoffnung machte sich breit. Immer mehr Seelen-Einheiten erkannten, dass sie dem Gefängnis-Kokon entkommen waren. Das Hier und Jetzt ihres Dasein wurde ihnen bewusst.

Dadurch konnten sie es sogar genießen, dass sie in den Para-Sphären ruhen durften.

Der Bio-Computer unseres Schiffes zeichnete alles auf, was um ihn herum vor sich ging.
Sein analytisches Urteilsvermögen funktionierte weiterhin perfekt. Er wurde auch von den Vorgängen im Geistigen Kosmos nicht beeinflusst. Hier oder dort, Zeit und Raum waren unwichtig, braute sich nämlich etwas zusammen.
BoC erhielt Impulse, die ihn veranlassten in den Para-Raum einzutauchen. Sofort war er frei von Sanduras „Liebestrank". Und ohne die geringste Verzögerung ergriff er Maßnahmen.

Der Bio-Computer hatte ihn aus dem von bedingungsloser Liebe und Glück erfüllten Zustand herausgeholt, weil er die einer Sucht ähnliche Struktur in unserem Verhalten feststellte.
Damit konnte er unmöglich übereinstimmen. Er wertete dies sogar als Bedrohung, der er entgegen wirken musste, um uns zu erretten.

BoC spannte um jeden von uns, außer um Sandura und Erwan, eine persönliche Para-Sphäre, die uns ebenfalls in den Para-Raum entführte. Jetzt waren wir plötzlich wieder wir selbst. Wir erkannten uns als eigenständige Wesenheiten und konnten untereinander kommunizieren.
Bisher waren wir einfach von dem wunderbaren, mit Liebe erfüllten Feld umfangen, das Sandura erzeugt hatte und zum Glück noch immer erzeugte.

Es war, als müssten wir uns erst einmal kräftig schütteln, was Marmuk und Vasilio tatsächlich auch taten, um wieder in unserer eigenen fiktiven Gegenwart anzukommen.

Fiktiv deshalb, weil uns die Para-Sphären aus dem üblichen Raum-Zeit-Kontinuum heraushoben. So existierten wir auf einer gemeinsamen Ebene, mit der wir untereinander übereinstimmten. So war es uns im gleichfalls fiktiven Jetzt, möglich Gedanken auszutauschen.

„Freunde, ich bin richtig froh, dem Einfluss von Sandura entkommen zu sein. So faszinierend und umwerfend schön ihr Liebesfeld auch ist, für uns hätte es sicherlich tödlich geendet, wenn BoC uns nicht herausgeholt hätte.", begann ich unser Gespräch.

Marmuk stimmte mir voll und ganz zu: „Genau! Erst jetzt merke ich, dass ich seit Beginn der Aktion keinen Bissen gegessen habe. Mir knurrt der Magen."

„Sehr richtig!", stimmte Darkon zu: „Wir wurden alle wie paralysiert, von den überwältigenden Gefühlen, die uns in ein Land der Träume versetzten. Irgendwann wären wir tatsächlich verhungert."

„Jetzt kann ich euch auch erzählen, was ich dort draußen erleben durfte." Mir gelang es erst nach einigen Anläufen eine brauchbare Geschichte zu vermitteln.

Es war, als müsste ich wieder in einen Traum eintauchen und diesen bruchstückhaft wieder zusammenbasteln. Als ich geendet hatte kehrte erst einmal Ruhe ein. Jeder machte sich so seine eigenen Gedanken. Dann fragte Darkon: „Wie lange warst Du eigentlich unterwegs?" „Oh, da sollten wir doch gleich mal unseren Bio-Computer befragen." Die Antwort war: Eine ganze Woche von sieben Tagen!

„Das heißt, die Echsen hatten sieben Tage ununterbrochen Sex und auch die Amöben hatten soviel Zeit, um sich zu vermehren.", bemerkte Darkon, mit deutlicher Sorge in der Stimme.

Vasilio ergänzte: „Bei den Echsen wird wohl keine mehr aktiv sein, wenn sie diesen Marathon überhaupt überlebt haben. Und wer von euch weiß, wie sich die Vermehrung bei den Amöben zuträgt?"

BoC erklärte: „Soviel ich in Erfahrung bringen konnte haben die zweigeschlechtlichen Tiere eine Vermehrungsrate von eins zu fünf innerhalb von fünf Tagen. Doch, was mir mehr Sorge bereitet ist, nach etwa drei Tagen sind sie so gut wie ausgewachsen. Dann ist jede Amöbe ein vollwertiges Mitglied im Verbund. Das heißt, jetzt gibt es wahrscheinlich mindestens die fünffache Menge an Amöben, die dem Amöben-Gott mental zuarbeiteten können."

Ich versuchte sofort zu beruhigen: „Keine Sorge Freunde! Solange Sandura ihr Feld aufrecht erhält ist auch das Überwesen ruhig gestellt!"

Wie sehr ich mich täuschen sollte, merkten wir bereits in den nächsten Stunden. Die Blauen Riesen in unserer Nähe begannen zu flackern. Protuberanzen schossen in den Raum hinaus. Vorerst waren sie noch ungezielt. Doch sollten sie unzweifelhaft uns und dem Sternenschiff gelten. Sie sollten uns den Garaus machen. Ich hörte den schmerzhaften Aufschrei unserer blauen Freunde. Hier konnte auch Sanduras Feld keine Linderung bringen. Dieser Angriff kam nämlich über das Geistige.

Mir wurde deutlich vor Augen geführt, mit welcher Macht der Amöben-Gott sich der Möglichkeiten bediente, die sich außerhalb des physikalischen Universum auftaten.

Ähnlich wie BoC mit den Para-Sphären, hielt sich diese Wesenheit jetzt im All des Göttlichen auf.

Ich brauchte weder BoC noch die anderen warnen. Auf dem Bildschirm des Schiffes sahen wir das Unglück, als würden wir direkt in den Weltraum hinausschauen.

Ausgerechnet die blauen Riesensterne, unsere Verbündeten und Freunde, wurden benutzt, um gegen uns vorzugehen.

Aber genauso wie unsere Schwachstellen die physischen Körper sowie das Schiff waren, war die Achillesferse (irdischer Begriff) der Amöben ihr Wasser-Planet.

So mussten wir jetzt schnellstmöglich einen Gegenangriff durchführen. BoC war dabei nicht aus der Ruhe zu bringen.

Ohne Verzögerung brachte er das Sternenschiff in die unmittelbare Nähe des Planeten. Er platzierte uns direkt über dem roten Schutzschirm. Dieses Mal versuchte uns das Feld nicht einzufangen. Es dehnte sich nicht einmal aus. Wir waren einfach zu schnell, zu unberechenbar.

Im Inneren einer Para-Sphäre brachte BoC eine Gravitationsbombe bis in die Mitte des gigantischen Planeten.

Bevor sie implodierte versetze uns BoC schon wieder an den äußersten Rand der Energie-Blase. Er hatte diese Art Bombe gewählt, weil sie ihre Umgebung kaum schädigte. Die Implosion hinterließ lediglich „ein eng begrenztes Loch" im Raum-Zeit-Kontinuum, eine vorübergehende Raum-Zeit-Anomalie die den Blauen Riesen keinen Schaden beibrachte.

Die Wirkung der Bombe „presste" den Wasser-Planeten mitsamt der Amöben-Masse aus dem physikalischen Universum hinaus. Dadurch schwand sofort die Verbindung zur geistigen Komponente, zu dem Amöben-Gott.

Uns beschäftigten nun dennoch die Fragen: Was verblieb von dem Geistwesen, das anscheinend als Gemeinschaftsseele die Amöben steuerte? Welche Art Wesen ist oder war das überhaupt?

Hätten wir in Zukunft etwas von ihm zu befürchten? Die Antworten auf diese Fragen hofften wir von dem freien Geist Everin zu bekommen.

Sogar BoC hatte keine Ahnung, was uns hier fast vernichtend geschlagen hätte.

Die ersten, die uns ihren gemeinsamen Dank übermittelten waren die Blauen Riesen. Sie spürten mit einem Male eine Befreiung. Nichts und niemand zwang sie nun dazu der Energie-Blase weiterhin die Kraft zu liefern, um sie aufrecht zu erhalten.

Doch erstmals wurde ihnen auch bewusst, dass sie für diese Aufgabe vielleicht von einer Maschinerie angezapft wurden, die irgendwo noch immer in Funktion war. Wo verbarg sich diese geheimnisvolle Apparatur?

Bisher nahmen wir alle an, dass der Wasser-Planet die Ursache allen Übels sei. Jetzt, nachdem er nicht mehr existierte, hätte sich die Blase eigentlich wie von selbst öffnen müssen. Sie tat es nicht!

Zwischenzeitlich waren wir alle wieder vollzählig im Sternenschiff. Auch Sandura und Erwan konnten wir wieder als „normale" Besatzungsmitglieder zählen. Ihr Dasein hatte sich jedoch total verändert. Sie wirkten nun ungefähr so verklärt, wie wir unter dem Eindruck von Sanduras Liebesausstrahlung.

Mit dem gravierenden Unterschied, dass die Beiden ihren Zustand stabil erhalten konnten.

Sie strahlten geradezu vor Glückseligkeit. Ihre Art und Weise wie sie sich und uns begegneten, war so voller Freude und freundlichen Gesten, dass wir meinten sie hätten einen höheren Bewusstseinsgrad erreicht. Ihr Miteinander zeigte Einheit und bewusste Übereinstimmung, als wären sie verschmolzen.

Etwas ähnlich Wunderbares erlebte ich schon einmal bei eineiigen Zwillingen.

Aber eben nur einmal und nur in einer ganz bestimmten Situation. Dann nie wieder. Hier jedoch war es ein dauerhaftes Erlebnis das wir alle miterleben durften.

Auch, wenn sich die beiden voneinander entfernten, spürte ich ein energetisches Band zwischen ihnen. Hier hatte sich etwas manifestiert, das auf ewige Dauer ausgerichtet war. Ich war überzeugt, diese Wesenheiten würden sich in allen folgenden Leben nicht mehr verlieren. Ich sollte recht behalten.

Der Sieg war unser, auch wenn wir nicht wussten wohin sich die TAO-Seele des Amöben-Gottes verzogen hatte.

Beunruhigend war besonders der weiterhin konstante Fortbestand der alles umgebenden Energie-Blase. Wir wussten, dass die Blase ihre Kraft von den Blauen Riesen erhielt. Ohne diese Quellen der Energie würde sich der Schirm einfach auflösen. Er tat es aber nicht.

Obwohl uns die Sterne versicherten, dass sie keine Aufmerksamkeit mehr auf der Aufrechterhaltung hatten, veränderte sich absolut nichts.

Weder BoC noch der Bio-Computer hatten eine Erklärung dafür. Sie meinten noch immer, es gäbe eine versteckte Maschinerie, die unsere Freunde anzapfe.

Um dem Geheimnis auf die Spur zu kommen, begaben wir Druidorix uns in einen meditativen, schlafähnlichen Zustand.

Wir standen telepathisch in enger Verbindung und lauschten gegenseitig in uns hinein.

In diesem übereinstimmenden Miteinander hatten wir uns verschmolzen. Wir öffneten unser TAO und ließen allerlei Lösungsmöglichkeiten durch uns hindurch fließen.

Das Ergebnis war eindeutig: Die Blauen Riesen hatten geistige Einpflanzungen. Sie waren in ihren, dem Verstand ähnlichen Anteilen gewissermaßen infiziert.

Etwas Ähnliches kannten wir auch bei uns und unseren Mitwesen aus dem kabarianischen Sektor. Auch dort hatte die Puppen-Elite all ihre Bewohner der verschiedenen Planeten-Systeme mit geistigen Implantaten gefügig gemacht.

Mit befehlsähnlichen Einpflanzungen wie „Extremes Mitleid empfinden!" oder „Andere ins Unrecht setzen!" hielten sie Menschen wie Nichtmenschen in Schach. Damit regierten sich die Wesenheiten selbst, hielten sich gegenseitig für eher klein und unbedeutend. Die Eliten mussten so gut wie keine Aufstände befürchten.

Mit Hilfe von Spirituellen Rückführungen gelang es uns Atalantern, zumindest den Druiden des TAO, diese Implantate zu knacken. Wir machten sie für den Großteil unserer Leute, im Doppelstern-System von Atalant, unschädlich. Deshalb waren uns die Eliten von Kabar auch nicht gerade wohlgesonnen. Das war auch der Hauptgrund, weswegen wir aus dem Sternenbund ausgewiesen wurden.

Nachdem wir das Ergebnis unserer mehrstündigen Meditation den Freunden im Schiff vermittelt hatten, machten wir uns daran eine brauchbare Lösung zu finden.

Marmuk meinte: „Meine Implantate wurden in Spirituellen Sitzungen gehoben und ich erkannte deren Wirkungsweise. Damit konnte ich deren Einfluss vollständig negieren."

„Schön und gut, aber wie bringen wir die Blauen dazu, sich einer solchen Sitzung zu unterziehen?", Vasilio klang nicht gerade optimistisch.

„Vielleicht können wir etwas bewirken.", Sandura und Erwan sprachen fast wie mit einer Stimme: „Wir wissen zwar noch nicht wie, doch immerhin waren wir in einer sehr intensiven Verbindung mit unseren Freunden. Dadurch kennen wir deren gedankliche und sogar emotionale Strukturen genau."

„Wunderbar!", BoC schaltete sich ein: „Dann will ich euch gleich einmal verknüpfen." Gesagt, getan!

Die Sterne waren sogleich bereit, sich wieder mit Sandura und Erwan zusammenzuschließen. Beide lagen dafür entspannt in ihren Gallertsesseln. Mit einem Male erschienen ihre Körperformen instabil. Es war anders als beim vergangenen Kontakt.

BoC beruhigte uns: „Keine Sorge. Die Sterne haben sich für Sanduras Zugriffsversuch geöffnet. Sie schwingen nun mit unseren Freunden in einem gemeinsamen Feld. Dadurch verändert sich die körperliche sowie die geistige Anatomie. Erwan empfängt gerade emotional geladene Informationen aus der Vergangenheit der Sterne und Sandura versucht heilsam einzuwirken."

Mit der Unterstützung von BoC hörte nun auch ich in den Dialog mit den Sternen hinein. Erwan hob durch geschickte Fragestellung die bisher verborgenen Informationen. Die Sterne drangen tief in abgesperrte Regionen ihres Sein vor.

Nach und nach offenbarte sich der Implant, den sie am Beginn erhielten. Bei der Schaffung der Blase wurden sie tatsächlich in ihren Persönlichkeiten gespalten.

Die Puppenwesen der fernen Galaxis beherrschten eine Technik, die sogar die Blauen Riesen emotional verwirren konnte.

So begannen sie, während sie mit gewaltigen Traktorstrahlen bewegt wurden, ihre Energien für den Aufbau und den Erhalt der Blase einzubringen.

Selbstverständlich geschah dies keineswegs bewusst, vielmehr wurde ein Automatismus geschaffen. Ich hätte dies niemals auch nur annähernd für möglich gehalten, wenn es mir hier jetzt nicht deutlich gemacht worden wäre.

Sandura half jedem etwas unterschiedlichen Bewusstsein der 22 Sterne, durch die frühen Geschehnisse hindurch zu gehen. Sie ließ nicht zu, dass die negativen Emotionen einen von unseren Verbündeten überwältigten, dass sich dadurch ein geistiges Fluchtverhalten einstellen konnte.

Ich merkte mit Freude, wie die Einpflanzungen schwächer und immer schwächer wurden, wie ihr Einfluss schwand. Das bewusste Sein unserer blauen Freunde war nach einiger Zeit komplett wiederhergestellt.

Erwan und Sandura zogen sich behutsam aus der sehr eng gewordenen Verbindung zurück. Sie begannen, sich in den eigenen Körpern wieder zuhause zu fühlen. Auch ich löste mich von den Sternen, nicht ohne nochmals einen freundschaftlichen Gruß zu hinterlassen. Deren Dank war grenzenlos!

Jetzt begannen die Blauen Riesen damit die Blase, die ihr Gefängnis war, energetisch zu entladen. Sie lösten ihren Kokon ebenso auf, wie wir das Energie-Gespinst zerstört hatten, das die Seelen-Einheiten gefangen hielt. Jetzt hatten sie vollständige Kontrolle über ihr Tun.

Bevor sich das künstlich geschaffene System völlig auflöste übernahm BoC die Para-Sphären, die er in der Obhut einiger Sterne deponiert hatte. Er nahm sie in Schlepptau und bewegte das Sternenschiff zum ehemaligen Rand der Energie-Blase, die nun nicht mehr existierte.

Wir beobachteten wie sich der Abstand zwischen den Blauen Riesen ganz langsam aber kontinuierlich vergrößerte.

Der Beginn ihrer Freiheit machte sie unglaublich glücklich. Der Gesang der Sterne erfüllte mich. Ich gab dieses Erlebnis an die Druidorix und an BoC telepathisch weiter.

Künftig wird letztlich eine völlig neue Sonnenkonstellation in der Weite entstehen, am Rande der Milchstraße. Dabei werden die Blauen Riesen selbstverständlich weiterhin in enger geistiger Verbindung bleiben.

Zwischen den blauen Sternenriesen schwebten noch tausende der Raketen-Schiffe. Wie BoC uns erklärte, waren nicht mehr alle einsatzbereit, weil die dort überlebenden Echsen ziemlich hilflos waren.

Ohne ihre Amöben beherrschten sie die Technik nicht. Einige Schiffe nahmen zwar Fahrt auf, doch fehlten ihnen erfahrene Navigatoren. So schossen sie ziellos in den Raum hinaus.

Ähnlich erging es den Amöben in ihren Tanks. Allein gelassen waren es nur noch tierische Urformen, ohne die geringste Intelligenz. Dadurch dienten sie den Echsen der Schiffe bestenfalls als willkommene Nahrungsquelle.

Wir entfernten uns vom Ort des Geschehens. BoC nahm Kurs auf die Milchstraße. Die anhängenden Para-Sphären behinderten kaum, als er den Para-Antrieb nutzte. Raum und Zeit wurden wieder einmal mit Leichtigkeit überwunden.

Saatgut

Everin erwartete uns bereits. Das freie Geistwesen nahm selbstverständlich wahr, mit welcher wertvollen Fracht wir unterwegs waren.

„Wie ich feststellen kann, sind die Seelen-Einheiten in einem relativ beruhigten Zustand. Wie kommt das denn?"

Wir erzählten ihm von den Geschehnissen in der Energie-Blase. Das Geistige Wesen hatte nämlich am Ende unseres Abenteuers keinen Zugang mehr gefunden und hatte sich dann abseits gehalten. Es war allerdings zuversichtlich, dass wir zurecht kämen.

„Danke, für Dein Vertrauen in unsere Fähigkeiten und in unser Potenzial. Wir selbst hatten manchmal weitaus weniger das Gefühl, die Situation im Griff behalten zu können.", übermittelte ich telepathisch.

„Oh, vergiss bitte nicht, dass ich euren Weg teilweise auch in die Zukunft hinein absehen kann. Es gibt zwar jedes Mal verschiedene Möglichkeiten und auch Unwägbarkeiten, doch im Großen und Ganzen hat mich meine Sicht noch nie im Stich gelassen."

„Prima, dann kannst Du uns sicher auch verraten, was mit den Seelen-Einheiten geschehen soll!"

Everin ließ uns mit seiner Antwort nicht lange warten. Er wandte sich jetzt an alle Besatzungsmitglieder des Sternenschiffes: „Bitte überlasst mir die Seelen-Einheiten für eine kurze Zeit. Ich will dafür sorgen, dass sie weitgehend ‚gereinigt', bereit für einen Neubeginn sein werden."

Problemlos übernahm Everin die Para-Sphären von BoC. Er zog sich mit ihnen in den raum- und zeitlosen Para-Raum zurück.

Dieser Geistige Kosmos war mit unserem physischen Universum überhaupt nicht vergleichbar.

Manchmal hatten wir Druiden des TAO diesen zeitlosen Raum, der nicht einmal das ist, auch Spirituellen Raum genannt. Wir meinten damit die Verbundenheit zum Göttlichen TAO besser darstellen zu können. Denn nach unserem spirituellen Verständnis waren und befinden wir uns ständig im Miteinander des Göttlichen. Dieses Miteinander kann niemals verloren gehen.

Allerdings können sich Wesenheiten aus ihrem eigenen Verständnis heraus davon entfernen. Damit ist jedoch lediglich deren negierende Vorstellung gemeint. Vom Göttlichen TAO aus „betrachtet" bleibt die Verbindung unumwunden bestehen.

Selbst dann, wenn jemand behaupten sollte nicht im TAO zu sein oder kein TAO zu sein, bleibt er/sie dennoch TAO.

Während der Ausbildung zum Druiden des TAO sollten wir doch tatsächlich öfter Mal versuchen diesen Abstand zu realisieren. Eben dadurch erlangten wir im bewussten Sein genau das Gegenteil. Das Göttliche wurde uns so deutlich klar, dass wir es niemals mehr anzweifelten.

Eine andere Übung bestand darin, Antworten auf die Frage zu geben: „Was möchtest Du gerne vergessen?"

Damit haben unsere Mentoren jede Blockade geknackt. Durch eine freundliche Bestätigung und dann der erneuten Fragestellung sind wir gemeinsam tief in unser Innerstes vorgedrungen. Dies ging so lange bis wir uns an einem guten Punkt befanden, bis so gut wie kein Vergessen mehr erforderlich war, bis der Schmerz in dem Vergangenen sich gelöst hatte.

Etwas Ähnliches unternahm Everin mit den ihm anvertrauten Seelen-Einheiten.

Durch die besonderen Umstände im Spirituellen Sein verging keine messbare Zeit. Im physischen Universum würden wir sagen: Er hatte alle Zeit der Welt! Wodurch Everin sehr effektiv arbeiten konnte.

BoC bewegte uns mit dem Sternenschiff tief in die Galaxis hinein. Er suchte mit uns gemeinsam nach Sternsystemen die weitab der Galaktischen Konföderation waren. Die dort befindlichen Planeten sollten auch noch für Leben geeignet und damit bewohnbar sein. Dabei war es nicht erforderlich, dass intelligentes Leben bereits vorhanden war. Wichtig war lediglich das Potenzial für Leben.
Wir hatten nämlich per Computer ermittelt und damit die Absicht entwickelt zu erfragen, ob die Seelen-Einheiten aus den Para-Sphären einem Neustart zustimmen würden.

Als Everin wieder Kontakt mit uns aufnahm waren wir gerüstet. Die in Frage kommenden Sterne hatte BoC im Bio-Computer gespeichert. Nun stimmte er deren Daten mit dem Erfahrungsschatz von Everin ab. Gemeinsam holten sie die Einverständnisse der vielen Seelen-Einheiten ein, sie in die Sphären der jeweiligen Planeten einzuschleusen.

Durch das wiedergewonnene Bewusstsein hatten sich auch einzelne Gruppierungen gefunden, die schon vor langer Zeit auf je einem System von Planeten gelebt hatten. Solche Verbände hegten deutlich den Wunsch, auch diesmal wieder zusammen zu sein. BoC und Everin ließen es geschehen. Indem solche Mitglieder einer Art in je eine eigene Para-Sphäre wechselten schlossen sie sich zusammen.
Milliarden von Seelen-Einheiten besiedelten auf diese Art und Weise die von uns ausgesuchten Planeten-Systeme in großer Zahl.

Dabei handelte es sich um verlorene Lebensformen aus fernen Galaxien ebenso wie solche aus der Milchstraße selbst. Ihnen allen war völlig egal, ob sie in kulturell höher stehenden Gemeinschaften ankamen oder ob sie sich niederem Leben zuordneten.

Everin versicherte uns, dass auch das Lebensumfeld von ausschließlich tierischem Leben sehr schnell von den Neuzugängen profitieren würde. Das weitgehend bewusste Sein der „zugereisten" Seelen-Einheiten bewirke einen enormen Sprung in der evolutionären Entwicklung.

Wir alle waren sehr zufrieden mit dem sich abzeichnenden Geschehen. Zumal uns BoC virtuell am Ablauf des Ereignisses teilhaben ließ. So war die gesamte Besatzung des Sternenschiffes Teil der „Aussaat" von beseelendem TAO.

Im Verlaufe der Aktion fragte ich Everin: „Was ist mit dem Amöben-Gott geschehen, nachdem wir den Wasser-Planeten aus dem Gefüge der Raum-Zeit gebombt hatten? BoC konnte mir auf diese Frage keine Antwort geben."

„Um dies zu beantworten muss ich etwas weiter ausholen. Wie Du gemerkt hast, ist die Wesenheit des Amöben-Gottes, wie ihr sie nennt, von den vielen amöbenartigen Lebewesen abhängig gewesen. Je mehr dieser Amöben ihm ihre Energie lieferten, umso mächtiger wurde er.

Das war seine Stärke und zugleich sein Schwachpunkt. Denn hätten sich einige viele selbstbestimmt von ihm abgewandt, so wäre der Gottheit die „Luft" ausgegangen, er wäre regelrecht in sich zusammengefallen und immer mehr geschrumpft.

Deshalb war es von Vorteil, dass eine relativ primitive Lebensform seine Grundlage bildete. Dies war von den Puppen auch so geplant worden.

Die Macht und auch der Grad an Intelligenz hingen also von der lebendigen Masse ab.

Hier hatten wir es ganz und gar nicht mit dem Prinzip einer Seelen-Einheit zu tun, die als TAO-Seele mehrere Körper hätte steuern können, wie wir es unter anderem bei tierischen Staaten vorfinden.

Nein, dieses vorgeblich Geistige Wesen war eher robotisch. Das bedeutet, es hat lediglich einen vorprogrammierten Plan verfolgt, der in keiner Weise selbstbestimmt genannt werden konnte. Seine Absichten waren ausschließlich darauf gerichtet sowohl die Art der Amöben als auch das anhängende System zu erweitern und dann zu erhalten."

„Dann ist diese Masse wohl am ehesten mit den Gehirnen von Lebewesen zu vergleichen. Auch diese Einheiten arbeiten vorwiegend in einem automatisierten Modus, wenn sich kein Verstand dazufügt und sich keine Beseelung einstellt."

„Das ist ein guter Vergleich. Auch dem Gehirn hat man nachgesagt, dass seine Intelligenz von seiner Masse abhängt. Mittlerweile wissen wir, damit liegen so manche Wissenschaftler meilenweit daneben.

Doch im Falle der Amöben hätten sie ihre Theorien durchaus anwenden dürfen. Immerhin hat euch dieses automatisch oder auch robotisch agierende Etwas ganz schön zugesetzt.

Das beweist aber nur, dass die ursprüngliche Programmierung hervorragend fortschreitende Erfolge verzeichnen konnte.

Also, um abschießend Deine Frage zu beantworten: Der Amöben-Gott hat nach eurem Einsatz aufgehört zu existieren. Er mag zwar noch einen Nachhall im Geistigen Kosmos sowie im physischen Universum hinterlassen haben, doch auch dieser ist mittlerweile Geschichte."

„Immerhin beweist mir die Existenz einer solchen Wesenheit, dass auch vorgeblich rein materielle Einheiten außerordentlich machtvoll werden und sogar in den „Raum" außerhalb des Universum hinein wirksam werden können. Damit bin ich wieder einmal von den Wechselwirkungen im ‚Großen Spiel' überzeugt worden, dem Zusammenspiel des Geistigen mit dem Universalen."

Die auf den verschiedenen Planeten abgesetzten Seelen-Einheiten wurden keineswegs allein gelassen. Everin beließ einige seiner Aspekte in deren Nähe.
So würde er deren Dasein beobachten und gegebenenfalls schützend eingreifen, wenn dies erforderlich werden sollte.

Wir verließen Everin und all unsere TAO-Seelen, jetzt seinen Schützlingen, und begaben uns auf den Weg in Richtung der Raumschiff-Flotte, die Atalant im Konvoi verlassen hatten.

In Erwartung dessen, was uns am anderen Ende der Galaxis erwarten würde, bereiteten wir uns vor, indem wir uns erst einmal längere Zeit ausruhten.
BoC meinte ebenfalls, wir hätten eine Ruhephase verdient. So beeilte er sich keineswegs, obwohl er durchaus dazu in der Lage gewesen wäre.

Er legte sogar zwischendurch einen vermeintlich kurzen Stopp ein, wodurch wir uns in ein neues Abenteuer verstrickt sahen.

Über den Autor:
Günter Karl Skwara, *19.07.1952

Die spirituelle Ader offenbarte sich ihm bereits im Verlaufe seiner pupertären Entwicklung. Doch bis zur endgültigen Entfaltung waren noch einige schwerwiegende Schritte erforderlich. Er ging durch einschneidend tiefe Täler und musste erhebliche Entbehrungen hinnehmen.

Sein beruflicher Weg führte zuerst über das industrielle Handwerk eines Werkzeugmachers. Nach dem sozialpädagogischen Fachabitur wollte ihn die Bundeswehr vereinnahmen. Doch er vergab sein soziales Engagement an die Bundesanstalt für Arbeit. 1975 wagte er den riskanten Absprung aus dem sicheren Beamtenverhältnis und gründete einen Verlag für sein regionales Magazin. Aus diesem Wagnis wurde eine furchtbare Pleite. Er verlor seine Familie, sein Vermögen und sogar sich selbst.

Doch wie bei Phönix aus der Asche gelang der Aufschwung. Ihm wurde von einer Gemeinschaft spirituell denkender und handelnder Menschen hilfreiche Unterstützung zuteil. Bald eröffnete sich ihm seine eigentliche, menschenfreundlich spirituell geprägte Lebensaufgabe.

Mit Hilfe von Spirituellen Rückführungen stand sie ihm deutlich vor Augen. Nun konnte er an frühere Lebenszyklen anknüpfen. Vor allem sein Dasein als Druidorix der Druiden des TAO hatte es ihm angetan. Die enormen Wissensbestandteile verarbeitete er in seinen Werken, entsprungen aus der liebenswert harmonischen Lebensweise der Gemeinschaft der Atalanter, deren Lebensphilosophie, sowie den tiefgründigen Erkenntnissen jener Zeiten.

Besonders ab seinem Aufenthalt in Frankreich (1991 bis 1992) eignete er sich zusätzlich phänomenales spirituelles Wissen, Fähigkeiten und Fertigkeiten an. Frühere Leben, eigene und die seiner Mitmenschen, wurden zu seiner ureigenen Wirklichkeit. Von seinen französischen Freunden und Freundinnen wurde er Heiler von Morhange genannt. Er war dort anerkannter "Meister des Wandels" (master of change).

Seine Absicht besteht seitdem darin, Menschwesen aus dramatisch verfestigten Problemstellungen herauszuhelfen (physischer, psychischer sowie sozialer Art). Als guter Zuhörer entlastet er die schwierigen Situationen seiner rat- und hilfesuchenden Freunde und Freundinnen. Vor allem im Rahmen Spiritueller Rückführungen bringen eben diese Freunde und Freundinnen ihre Lebensumstände selbstverantwortlich in Ordnung.

Mit leichter Hand führt er diese zu eigenständig und eigenermächtigt gefundenen Lösungswegen.

**Er ist Begleiter auf dem Pfad
zu Wohlbefinden, Zufriedenheit und GlücklichSein.**

Günter Skwara

Spiritueller Rückführer

Begleiter von Meditation zur Kontemplation

Berater für Mentale Kommunikation

Magie der Selbstheilung

Trauer bewältigen / Trost finden / Angstfreiheit erfahren / Kontrollzwang auflösen / Energiemangel beheben / Blockaden knacken / Dogmen und Glaubenssätze entmachten
Selbstermächtigung realisieren / Selbstheilungskräfte aktivieren / Bewusst-Sein stärken / Wissen erweitern

> Spirituelle Rückführungen > Finden von Ursachen, Aufarbeiten und Bereinigen, Rehabilitation und Mobilisierung von Kreativität, bewusstes (Los)Lösen von belastenden karmischen Verstrickungen. Der Pfad zur Heiligung ist eine Transformation vom Menschsein zu TAO.

> Mentale Kommunikation > Die Magie effektiver, mentaler Kommunikation ist der Königsweg, zur Lösung aller, von Menschen inszenierter, Probleme. Das Magische Quadrat für Verstehen dient als Leitsymbol.

> Ganzheitlicher Energiefeldausgleich > Aus dem Gleichgewicht geratene Lebensenergie wird stabilisiert und harmonisiert. Dies führt zu Ausgeglichenheit, Stabilität und Balance im Dasein.

> Spiegel-Meditation > Erschließt euch den Weg zu Selbsterkenntnis, Selbstständigkeit, Selbstermächtigung. Sie rehabilitiert alte Fähigkeiten, wenn ihr euch bewusst darauf einlasst!

Kontakt zum Start ins Abenteuer:

rueckfuehrer@googlemail.com

www.rueckfuehrer.de / www.studio-chi.de